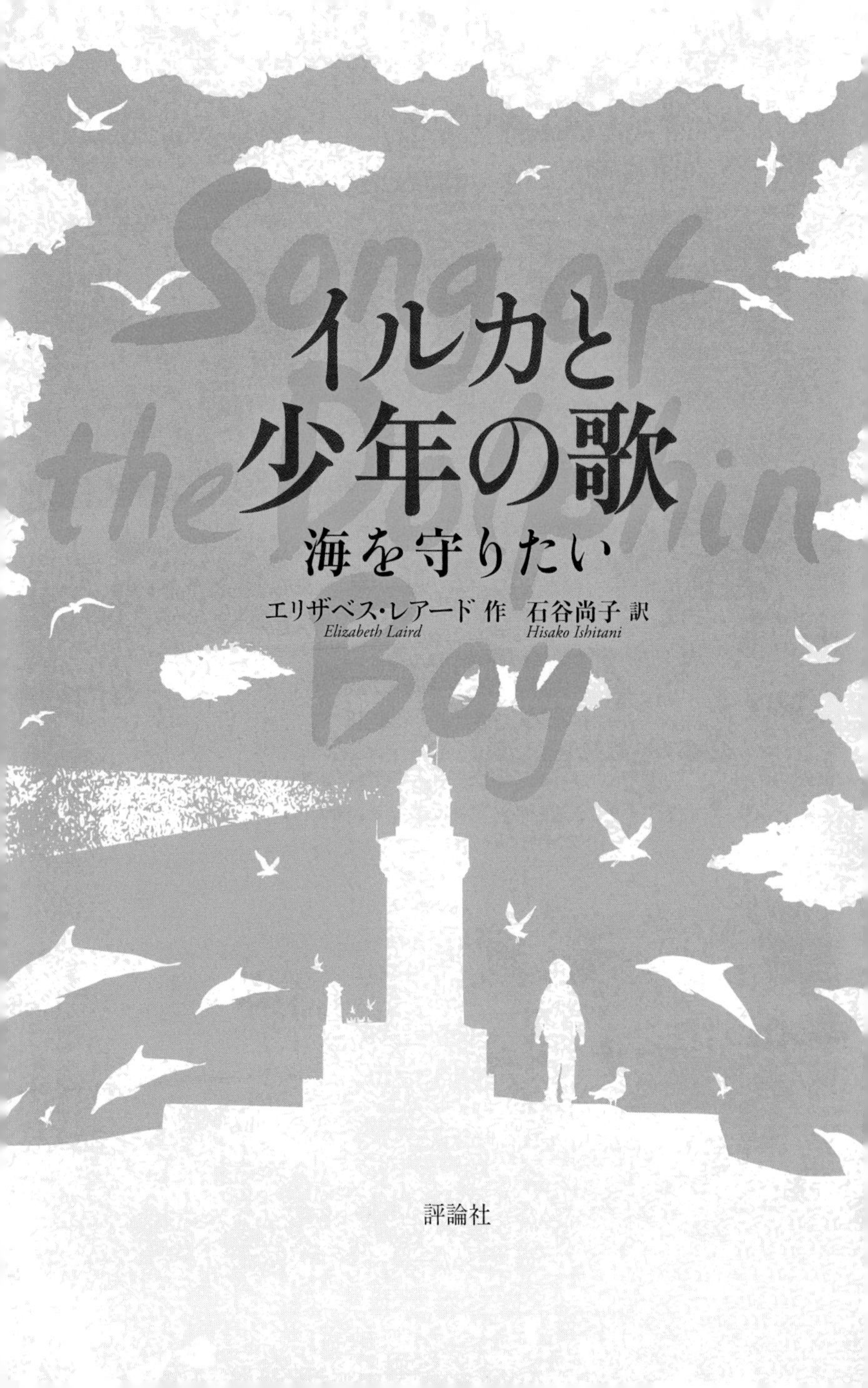

イルカと少年の歌

海を守りたい

エリザベス・レアード 作
Elizabeth Laird

石谷尚子 訳
Hisako Ishitani

評論社

SONG OF THE DOLPHIN BOY
by Elizabeth Laird

First published 2018 by Macmillan Children's Books
an imprint of Pan Macmillan

Japanese translation published by arrangement with
Macmillan Publishers International Ltd.
through The English Agency (Japan) Ltd.

装丁／川島　進

イルカと少年の歌

——海を守りたい——

フィンの家
港
ストロムヘッド

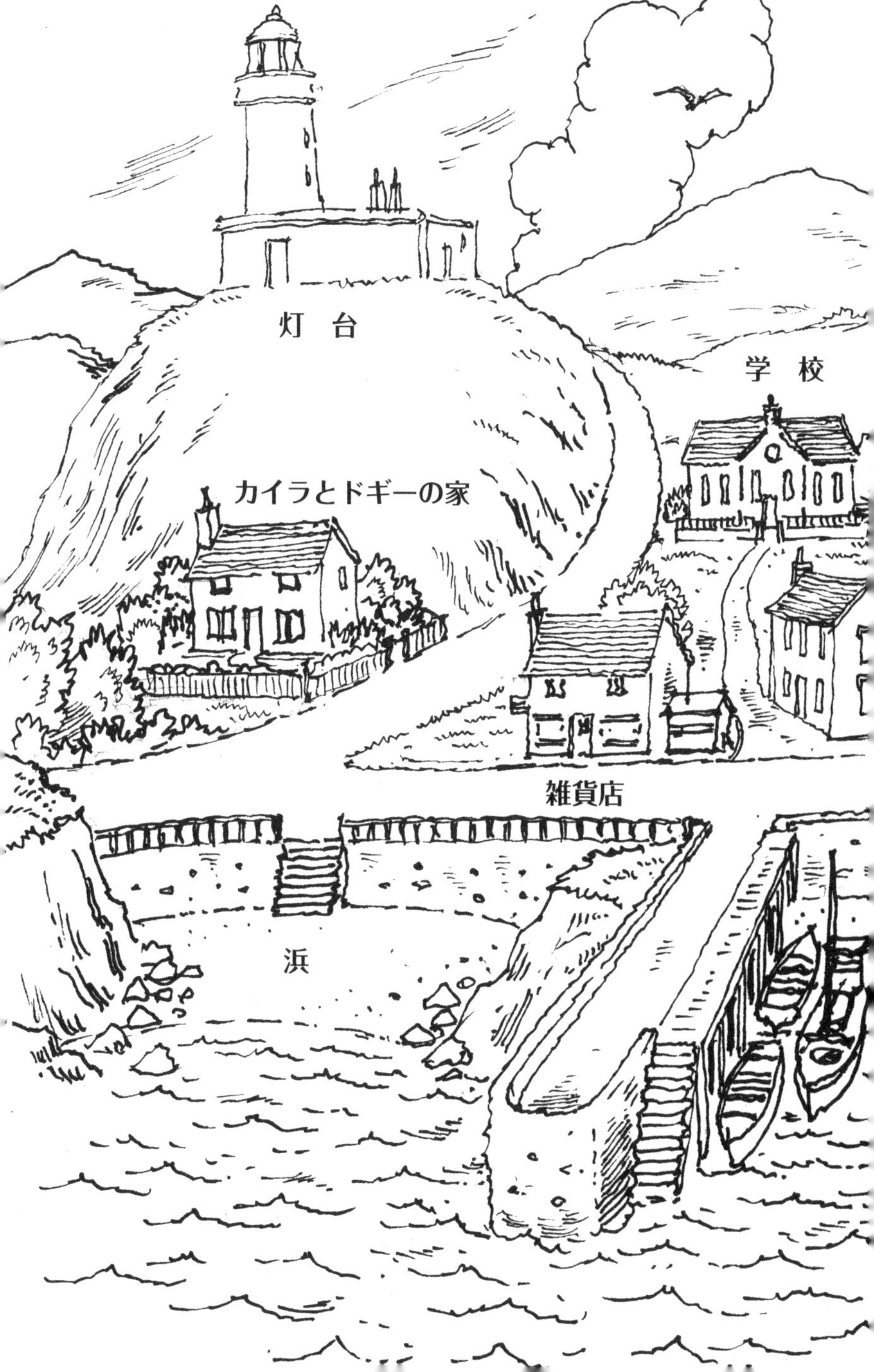
灯台
学校
カイラとドギーの家
雑貨店
浜

漁師《りょうし》がひとり浜辺《はまべ》にすわり
網《あみ》をつくろう　ため息をつきながら
海のかなたのイルカの耳に
漁師の歌声がとどいた　愛の歌が

イルカは矢のように泳いだ　まっすぐに　一心に
海を泳ぎ　陸を走った
もうイルカではない！
金色の髪《かみ》をなびかせる美しい乙女《おとめ》

漁師の心は喜びおどる
乙女をだきよせ
乙女は漁師の首にすがる
「あなたの妻《つま》になりましょう」

漁師は乙女をいだいたまま
崖《がけ》の上の家に連れ帰る
乙女は身ごもり、男の子の母になる
乙女の心に愛があふれる

夏がすぎ　冬がすぎて
また夏がめぐり来る
イルカの乙女は　ため息まじりにつぶやく
「心が痛《いた》んでなりません」

「ああ　わたしは陸では乙女
海ではイルカ
ふしぎな子　魔法《まほう》の子
わたしのもとに生まれてきた子」

「仲間の呼《よ》び声《ごえ》が聞こえます　呼んでいます
海に帰らなくてはなりません
愛する夫《おっと》　いとしい息子《むすこ》
もう二度と会うことはないでしょう」

1

ドギー・ラムの八歳《さい》のバースデイ・パーティーで、すべてのことがはじまった。大きなパーティーではなかった。招待《しょうたい》された子はたった四人で、それにドギーのお姉さんのカイラとお母さんのミセス・ラム。でも、何しろかわいいドギーのバースデイ・パーティーなのだ。お母さんとお姉さんは大はりきりで準備《じゅんび》をしている。もし百五十人の子どもがいたら、百五十人を招待していたかもしれない。

ストロムヘッドは、スコットランドの片《かた》すみのとても小さな村で、港をかこんで数えるほどの家がならび、近くに学校と丘《おか》のてっぺんの灯台《とうだい》があるだけだ。そういうわけで、招待したくても、ほかに子どもがいないのだ。フィンがいるが、これまでフィンを招待した子はいない。

カイラとミセス・ラムはどちらも小柄《こがら》で、豊《ゆた》かでなめらかな金髪《きんぱつ》の持ち主だ。ふたりとも、何もかもきちんとぬかりなくやるのが好きなタイプで、いちばん好きな言葉は「すてき」、次が「かわいい」。カイラのお父さんは、ふたりのことを「わたしのキャンディーちゃん」と呼《よ》んでいる。お父さんは海で石油を掘《ほ》りだす仕事をしているので、ほとんど家にいない。ドギーは、お父さんが帰ってくるのをいつも待ちこがれている。

お父さんのミスター・ラムからのバースデイ・プレゼントは、カイラが持ってる子ネコのジグソーパズルなんてものではない。あんなものは、ママがくれる王子さまみたいな服にもおとらず、ドギーにはふさわしくない。そういうものではなくて、お父さんは、もっと役に立つおもしろいものをくれた。スパナのセットと、チェーンのついた南京錠《なんきんじょう》と鍵《かぎ》。ドギーは、そういうものに目がない。大人っぽいプレゼントだし、何より役に立つ。はずれたところを留《と》めたり、物と物をくっつけたりできる。これがあれば、なんだって思いのままだ。実際《じっさい》、ドギーはこのチェーンつき南京錠を、肌身《はだみ》はなさず持ち歩いている。

カイラとミセス・ラムは午前中いっぱい、パーティーのしたくに大いそがしだったが、とうとう、居間《いま》のマントルピースの上の小さな金の時計がチン、チン、チンと三回鳴った。招待《しょうたい》した子どもたちがやってくる時間だ。

そして本当に子どもたちが、ラム一家の小さな家に、ぞろぞろやってきた。何やらブツブツ言っている。

「どうせ子どもっぽいパーティーだろ、来たくなかったよ、まったく」

チャーリーは不満たらたらだ。背《せ》が低くずんぐりした子で、大砲《たいほう》の弾《たま》みたいにがっちりした丸い顔をしている。

「ドギーの母さんだもん、あまっちょろくて、赤ちゃんあつかいの、バカバカしいパーティーにきまってら。それにさ、今日の午後は、父ちゃんが家のちっちゃい舟《ふね》で、釣《つ》りに連れていってくれることになってたんだ」

アミールも不満げな声を出した。

「ぼくだって、もうちょっとで次のレベルに行けるとこなんだよ、ゲームで」

と、ため息をついた。

「母さんは、土曜日の午後しかコンピューターをいじらせてくれないから。あと一週間も待たなくちゃ！」

アミールは、長くて細い指で鼻の上のメガネを持ち上げた。黒い前髪《まえがみ》で半分かくれた額《ひたい》にしわをよせているのは、機嫌《きげん》が悪いからだ。ジャスが、かわいそうにね、という顔でアミールを見やった。アミールのお母さんのミセス・ファリダーは、子どもたちの担任《たんにん》の先生なのだ。しかもとてもきびしい。

「でもね」

ジャスが、当たりさわりのないように気をつかいながら言った。

「少なくともケーキは出てくるわよ。ドギーと同じくらいの年の子が、ほかにいないんだから仕方ないわ」

チャーリーが食ってかかった。

「なぜそうやって、いつもいつもいい子ぶるんだよ」

ジャスは、黒い目を真ん中によせて、チャーリーに向かって舌《した》を出し、親指を耳につっこんで手をヒラヒラさせた。そばかすのあるジャスの顔があんまりへんてこで、茶色の髪《かみ》も飛びはねていて、アミールはたまらずふきだした。チャーリーまで思わずニヤッとした。

三人は、もちろんカイラとドギーも、生まれたときからたがいによく知っている仲だ。ジャスはもう何年も前から、チャーリーがつっかかってきても、とりあわないにかぎると思っている。

三人がドギーの家のすぐそばまで来たとき、アミールが声をひそめて言った。

「見ろ！　フィンだぞ！」

フィンは、村の小さな学校のこぢんまりしたクラスで、ひとりだけ仲間はずれになっている子だ。そのフィンが、前の方を歩いている。両手をポケットの奥《おく》までつっこみ、背中《せなか》を丸めて。フィンも生まれたときから、ほかの子を知っているのだが、いつも仲間はずれだ。フィンにはどこか――額《ひたい》にかかった薄茶色《うすちゃいろ》の髪をうしろになでつける仕草とか、いつもさびしそうな雰囲気《ふんいき》をただよわせているところとか――ほかの子どもたちを身がまえさせるところがある。

チャーリーは予想《よそう》どおり、カッとなった。もともと花火みたいなところがある子なので、フィンをひと目見ただけで、火花が散りまくった。

「あいつ、まさかパーティーに行くんじゃないよな？」

チャーリーの声が上ずっている。

「そういうことならもういい。おれは帰る」

ところがチャーリーが帰ろうとしたとき、フィンは背中を丸めてドギーの家を通りすぎ、道をまがって行ってしまった。それをじっと見ていたアミールとジャスは、うしろめたい気はしたものの、ああよかった、と思った。ジャスが先に立ってドギーの家の玄関《げんかん》に向かい、ベルを鳴らした。チャイムが鳴り終わらないうちに、カイラがサッとドアを開けてくれたので、三人はしぶしぶ、家の中に入った。

ドギーの家は何もかもが、ごてごてしていた。花もようのソファにならんでいるクッションはフワフワしすぎているし、玄関《げんかん》のチャイムはなんだか音楽会みたいだし、ボタン（子ネコの名前）の首輪がわりのリボンは、バカに派手《はで》なブルーだし、カーテンのひだも、やたらに多い。

だれも気づいていなかったが、三人がパーティーに向かうのを見たフィンは、様子を見にもどってきて、実は庭に立っていた。家の中を見つめながら、ミセス・ラム自慢《じまん》の、ピンクのバラの花びらを一枚《まい》ずつはがしては、芝生《しばふ》の上にまいていた。

「どうせ中には入れてくれないもん」

フィンはボソボソとひとり言をつぶやいた。

「みんな意地悪な子ばっか。たのまれたって、友だちになんかなってやんない」

でも、最後のほうは本心ではない。フィンは世界じゅうの何よりも、友だちがほしかった。アミールみたいにコンピューターの天才になんかなりたくないし、カイラみたいにペットショップで働くなんて気はないし、チャーリーのようにサッカー選手になりたいわけでもない。ドギーみたいに機械工なんていうのもいやだし、ジャスみたいに首相になりたいとも思わない。ほしいのは友だちだけだ。

フィンは、パーティーのことが気になってたまらず、こっそり見てやろうともどってきたのだ。ドギーが、もう何週間も得意げにしゃべっていたパーティー。外から見るだけなんて、拷問《ごうもん》みたいにつらいだろうとわかってはいたが、それでも見にきてしまった。

でも、様子を見ているうちに、フィンの顔がだんだん明るくなってきた。パーティーが順調に進んでいないのだ。ひどいパーティーだ。ミセス・ラムが計画したパーティーは、四歳《さい》の誕《たん》生日《じょうび》かとまちがえそうなほど、子どもっぽいものだった。プレゼントの交換《こうかん》ゲーム。「サイモンさんが言いました」と言いな

がら遊ぶ命令ごっこ。田んぼの中の一軒家《いっけんや》という歌。こういうのを、仕方なしにやらされている。フィンは、チャーリーを見て思わずふきだしそうになった。チャーリーのがまんは、もう限界《げんかい》にきている。家の中に閉《と》じこめられて、畑仕事をする馬の役をおしつけられる遊びなんて、まっぴらごめんなのだ。

うまくいけば、チャーリーはもうすぐだれかにかみつくぞ、とフィンは意地の悪いことを考えた。かみついちゃえばいいのに。大さわぎして何かこわすといいな。あそこをメチャメチャにしちまえ。

家に帰ってコンピューターゲームをしたくて死にそうになっているアミールは、さっきからイライラとくちびるをかんでいたが、あごがはずれるのではないかと思うほどの大あくびをした。そのそばのジャスは、壁《かべ》の鳩時計《はとどけい》を見上げてばかり。時計の針《はり》はどうしてこんなにおそいんだろうと思っているのがわかる。パーティーの主役のドギーも、気が気ではないという表情《ひょうじょう》だ。カイラだけは楽しんでいるようだ。ゲームに加《くわ》わるのはやめて、ネコのボタンと遊んでいる。

「お茶の時間ですよー！」

ドギーのお母さんが大きな声で言いながら、中が見えないようにかぶせてあったテーブルクロスをサッとめくりあげた。

パーティーが台なしになっているのを見て笑っていたフィンも、テーブルの上にならべられたお茶やお菓子《かし》を見たとたん、笑顔が消えた。ミセス・ラムが用意したお皿いっぱいのごちそうを食べるためなら、なんだってするのに。フィンは、うらやましいなあと思いながら、テーブルの上をながめた。三角に切ったひと口サイズのサンドイッチ。チョウチョの形をしたクッキー。アイシングがいっぱいかかったカップケーキ。小さな菓子パン。口の中にジワッとたまったつばを飲みこんだ。こんな拷問《ごうもん》はもうたくさん。そう思ってその場をはなれようとしたとき、ドギーのお母さんの声がした。

「とりわけておいたらどうかしら、お友だちのフィンの分。かわいそうでしょう、来られなくて」

そう言うと、ドギーのお母さんはキッチンに行って、ビスケットが乗っているお皿を持ってきた。チャーリーがドギーに意地悪な目を向けた。ムカついている目だ。

「フィンを招待《しょうたい》したとか？」

ドギーはへへへと笑った。ソワソワしている。ドギーはチャーリーより三歳《さい》ほど年下だ。ちょっとこわいけどチャーリーってすごい、と思いながら目を上げた。

「ママに言われて、来てねって手紙を書いた。でも、わたしてないよ、ほんとだよ、チャーリー」

フィンは、こぶしをにぎりしめた。チャーリーのヤツ、いまにやっつけてやる。いまに……と思ったが、先が続かない。どんなにこらしめても足りないもん、あんないじめっ子。それからジャスの顔を見た。ジャスは不愉快《ふゆかい》そうな顔をドギーに向けている。意地悪をしたのね、と思っているみたいだ。

一応《いちおう》まともなのはジャスだけってことだ、とフィンは思った。

ドギーは、せっかくのバースデイ・パーティーなのに、いやな雰囲気《ふんいき》になっちゃったなと思いながら、みんながびっくりすることが起きるのを、ジリジリしながら待っていた。そのときが来たら何もかもうまくいくさ、とばかりに。

「もうすぐ、ぼくのケーキが出てくるぞー」

ドギーが思わず秘密《ひみつ》をもらした。

「ママが作ってくれたんだ。おもしろい形だから、びっくりするよ。恐竜《きょうりゅう》かもしんない」

「へー、首にリボンをつけた、ちっぽけな赤ちゃん恐竜だったりして」

チャーリーがバカにした。

「きっとかわいいと思うよ、ドギー」

と、ジャスがやさしく言った。

「形なんてどうだっていいよ、チョコレートケーキなら」

と、アミール。ジャスがアミールに何か言おうとしてふりかえったので、顔が窓《まど》の方に向いた。フィンはあわててバラの植えこみのかげにかくれた。

ミセス・ラムが、待ちに待ったケーキをキッチンから持ってきて、テーブルの真ん中にそっと置いたとき、フィンは思わず声をあげて笑いそうになった。恐竜でもなかったし、チョコレートケーキでもない。ネコの形をしていた。銀色に光る丸い目をしたネコが、首にブルーのリボンを巻《ま》いている。

ドギーが顔を真っ赤にした。

「ママ！」

ドギーが泣きそうな声で言った。

「ピンクのネコなんて！」

チャーリーがせせら笑い、アミールがクスクス笑った。ジャスはドギーがかわいそうで、くちびるをかんでいる。カイラが手をたたいて言った。

「かわいいわ、ママ。シッポのとこを食べていい?」

フィンは、最後にケーキを食べたのはいつだったか、どうしても思い出せずにいた。窓《まど》をつきやぶって家の中に入り、ケーキを丸ごとわしづかみにして逃《に》げられたら、どんなにいいか。でも、ロウソクがともされ、ドギーが吹《ふ》き消《け》すのを見ているしかなかった。ミセス・ラムがケーキを切り分けて、みんなに手わたすのを見ていたら、また口の中が、つばでいっぱいになった。ここをはなれたほうがいいとわかっていた。こんなところにいたら、ますますさびしくなるだけだ。でも、はなれられない。

バースデイ・ケーキが半分なくなり、みんなの口がピンクのアイシングでベトベトになったころ、チャーリーが大きな声で言った。

「みんな、もう帰ろうよ。父ちゃんが舟《ふね》でもどってくる。ロブスターの罠《わな》をおろすの、手伝わなくちゃ」

「まだ待ってちょうだい」

ドギーのママがあまい声で言った。

「楽しい計画があるの。色のついた紙とサインペンを、みんなに配りまーす。そこに、ドギーへのお祝いの言葉を書いてちょうだい。書き終わったら風船に結びつけて、空に飛ばしましょう。鳥さんが読んだら、鳥さんもドギーにお誕生祝《たんじょういわ》いの手紙をくれるかもしれないわね」

「ママったら、やめて！　ママ！」

　ドギーが泣き声をあげた。

「鳥が書いた誕生祝いが、おれの頭にポトリなんて、やだなー。誕生祝いもやだけど、ほかのもんが落ちてきたら、もっとやだー」

　チャーリーが言った。みんながいっせいに笑った。

「でっかいカモメだったら、特におことわりだな」

と、アミール。

「つまらないおしゃべりはやめましょうね、みんな。すてきな言葉が書けるはずよ」

　ミセス・ラムが顔をくもらせている。

「ゲーッ、それって、『ドギーちゃんてかわいい、キュート、ちっちゃなメーメー子ヒツジちゃんカワイコちゃん、コチョコチョコチョ』って書けとか？」

　チャーリーが小声でジャスに言った。ジャスはチャーリーをひじで小づきながら、笑いをこらえている。

「『りっぱ』ってどう書くんだっけ？」
アミールが言いながら、ジャスに目配せをした。
ドギーは病人みたいに青くなっている。

それから間もなく、フィンはあわてて庭を横切り、門の外に飛びだした。子どもたちが、シャンパンのボトルから吹《ふ》き出《で》るあわのように、いっせいに外に出てきたのだ。フィンはハリエニシダが足にからまるのも気にせず、村を見おろす丘《おか》の上まで一気にかけのぼった。そして、色とりどりの風船が子どもたちの手をはなれ、そよ風に乗ってキラキラかがやきながら空にあがっていくのを見つめた。

風船はそれぞれ糸をなびかせながら、ふわりふわりと飛んでいく。漁師《りょうし》たちの古びた家々の煙突《えんとつ》をかすめ、学校の屋根をこえていく。アミールのお母さんのミセス・ファリダーが成績表《せいせきひょう》をつけているはずの学校だ。それから村の雑貨店《ざっかてん》の上へ。平日にミセス・ラムが働いている店だ。風船はすべるように、白くて高い灯台《とうだい》を通りこした。灯台では、ジャスのお父さんのジェイミソン教授《きょうじゅ》が、デスクに向かってせっせと書き物をしているはずだ。それからまた方向を変えて港へ。チャーリーのお父さんがロブスターの罠《わな》を舟《ふね》からおろしている。風船はそのまま海の方に飛んでいき、空気がぬけるにつれて落ちていく。そして波立つ海面に着水。波にもまれている風船は、色とりどりの花のようだ。

その光景を見て、フィンはなぜか身ぶるいした。フィンは、崖《がけ》の上の家にしおと帰っていった。父さんとふたりで住んでいる家だ。坂道をのぼっていくあいだ、一度もふりかえらなかった。もしふりかえっていたら、ミセス・ラムが、きれいに刈《か》りこんだ庭の芝《しば》生《ふ》の上に、バラの花びらがばらまかれているのを見て、首をかしげているのが見えたはず。

2

フィンと父さんが暮らしているのは、古びた小さな家で、ストロムヘッドの村のはずれの断崖《だんがい》の上に建っている。とても古い家で、崖《がけ》の上に根を張《は》っているように見える。にょっきり生えたお化けキノコみたいだ。庭の雑草《ざっそう》がのびほうだいで、その草が、みがいたことがない窓《まど》をほぼおおいつくしているから、家の中はとても暗い。窓からのながめは絶景《ぜっけい》といえるほどすばらしいはずなのに、フィンと父さんは窓の外を見ることができない。でも、庭の入り口からのながめはとてもいい。フィンはそこに立って、道路の向こうを見るのが好きだ。せまくてクネクネした急な坂道が海岸まで続いている。広い浜《はま》のへりに、岩がたくさん転がっているのも見える。海のかなたは、いくら見ていても見あきることはない。海の色が、毎日変わる。

ある日は濃《こ》いブルーが広がっていて、どこまでが海でどこからが空なのかわからないほ

どだが、べつの日は神秘的《しんぴてき》な灰色《はいいろ》で、海の底の方に何かがひそんでいるのではないかと思ってしまう。でもいちばんのお気に入りは、夜の海だ。さざ波の立つ黒光りした海面に月の光が映《うつ》っている光景は、まるで銀色の道のように見える。

でも、海は見るだけでがまんするしかない。父さんから、あの急坂をおりてはいけないときびしく言われているからだ。でこぼこした坂をおりていけば、小さな入《い》り江《え》まで行けるのだが。ミスター・マクフィーは、息子《むすこ》が海辺《うみべ》に行きたがっているのがわかると、必ずこわい顔をするので、フィンは海に行きたいという気持ちをおし殺している。

いつか行かせてくれるさ、と、自分に言い聞かせている。父さんが見ていないすきに、こっそりとおりていくって手もあるし。

でも、そんなことはぜったいにしない、ということもわかっている。

父さんは、どうしてあんなに海がきらいなんだろう。なぜか、港にも浜《はま》にも決して行かない。それに、家に帰ってくるといつも、急いで海の景色に背《せ》を向け、ドアをピシャリと閉《し》めるのは、どうしてだろう。まるで海を閉めだしているみたいだ。

フィンが父さんと話すときに、話題にしないようにしていることはたくさんあるが、海のこともそのひとつだ。小さいときに、母さんのことを聞いてみたことがある。母さんはフィンが二歳《さい》のときにいなくなってしまったのだ。海や母さんのことを持ちだすと、父さんはおこりまくって、フィンを部屋の外に追いだすか、さもなければ何も言わずに悲しみにくれる。フィンは悪いことをしたような気がして、もう何も聞かなくなった。

実は、村の中をくまなく探《さが》しても、ミスター・マクフィーほど深い悲しみをかかえている人はいない。前からそうだったわけではない。チャーリーのお父さんと同じように、ずっと漁師《りょうし》をしていて、強くてかっこいい男だった。歌声も朗々《ろうろう》としていたし、とてもきれい好きだった。ある晩《ばん》、ミスター・マクフィーが浜辺《はまべ》で歌をうたいながら、魚をとるための網《あみ》を修理《しゅうり》していると、泳いでいた乙女《おとめ》が海からあがり、そばに来た。その乙女をひと目見るなり、ミスター・マクフィーの心臓《しんぞう》が早鐘《はやがね》のように打ちはじめた。乙女もたちまち恋《こい》に落ち、家に帰る道々ずっと、ミスター・マクフィーの歌に耳をかたむけていた。まもなくふたりは結婚《けっこん》し、フィンが生まれた。その当時は、フィンの父さんほど幸せな人はいなかった。ただ、フィンの母さんは、崖《がけ》の上の家からはなれようとせず、村におりていくこともめったになかった。

それが、フィンがまだ二歳のある日、母さんが突然《とつぜん》いなくなってしまったのだ。家（いつもピカピカにきれいにしていた家）に残していったものは何もなかった。ただ、窓《まど》の敷《しき》居《い》に貝がらがならべられていた。

スコットランドじゅうで大がかりな捜索《そうさく》が行われたが、母さんはどうしても見つからず、しまいに人々はフィンの父さんをうたがいの目で見るようになった。母さんがいなくなったのには、何か父さんが関係しているのではないか、などという陰口《かげぐち》が村のあちこちでささやかれた。ミスター・マクフィーは漁にも出なくなった。家のそうじをしたり片《かた》づけたりするのもやめてしまった。体を清潔《せいけつ》にすることもせず、身なりも整えず、何時間も窓を背にして、たわんだいすに腰《こし》かけてすごした。まわりで遊んでいるフィンには見向きもせずに。

フィンは父さんからまともに世話をしてもらうこともなく、大きくなった。ミスター・マクフィーは、気が向くとストロムヘッドの店に行って、食べ物や缶《かん》ビールを大袋《おおぶくろ》いっぱい買いこみ、フィンの服が小さくなると、あちこちの古着屋で服を見つけてくる、という暮《く》らしぶりだった。

でも、フィンを愛していないわけではなかった。ときには、油ぎったいすから立ちあがってフィンをだきあげると、ギュッとだきしめ、バツが悪そうに、こんなことを言うこともあった。

「わたしには、もうおまえしかいないんだよ、フィン！　母さんみたいに、わたしを置いて行かないでくれよ」

そんなとき、フィンは身をよじって急いで下におり、家の外に飛びだしたものだ。残されたミスター・マクフィーは、がっくりといすに腰《こし》をおろし、なみだを流した。

村の人たちは、ミスター・マクフィーやフィンが通りかかると、ボソボソ言いながら道の反対側によける。フィンは、すれちがいざまにいやな顔をされるのに、もう慣《な》れっこになってしまった。ストロムヘッドは、うわさ話の絶《た》えない村で、だれもが周囲の様子に鵜《う》の目鷹《めたか》の目《め》なのだ。フィンは、村の人たちに変人あつかいされているのはわかっていた。でも、父さんが人殺しだと思われているなんて、教えてくれた人はだれもいない。
フィンは、母さんのことは何も思い出せないが、ひとつだけ覚えていることがある。母さんはフィンをだっこして寝《ね》かしつけるとき、口笛を吹《ふ》いてくれた。心にしみ入るようなその音色はきれいにすみわたっていて、忘《わす》れようにも忘れられない。あの口笛を思い出すたびに、崖《がけ》の下の浜辺《はまべ》から聞こえてくるシュー〃、シュー〃という波の音が頭をよぎる。フィンが口笛を覚えたのは、まだ六歳《さい》のときだ。口笛はフィンのだいじな秘密《ひみつ》。ひとりのときしか吹かない。フィンは心の中で、口笛を吹けば母さんがもどってくるかもしれないと期待をいだいた。でも、もどってくることはなかった。

ドギーのバースデイ・パーティーの数日後、フィンはいつものようにいやいやながら学校に行くしたくをしていた。あと二日だけがまんすれば週末になるから、と自分をはげましながら、宿題は入れたかなと、かばんの中をさぐった。教科書の下に何かある。ひっぱりだすと、それはファリダー先生からの手紙だった。なんだ、これか。父さんに見せるのを一日のばしにしてきたが、もうすぐ週末。見せるしかない。手紙を父さんの手の中におしこんだ。

「学校からの手紙だよ、父さん。水泳教室のお知らせ。ローテミルのプールにミニバスで行くんだって。ほかの子はみんな行く。今日、お金くれるよね」

父さんが、うつろな目でフィンを見た。

「なんの手紙だ？　見せろ」

ミスター・マクフィーは、手の中のくしゃくしゃの紙を見て、それから息子《むすこ》の顔をじっと見た。

「この、くだらん紙か？」

と、父さんが言った。

「水泳だと？　どいつもこいつも泳ぎたがって！　ガキどもは、水を見りゃ手足をばたつかせやがる！　みっともない！」

「お金、はらってくれないってこと？」

フィンは言いながら、やっぱりな、と思った。

「はらわないじゃなくて、はらえない」

ミスター・マクフィーは、頭のてっぺんの、はげているところを　ボリボリかいた。

「まったく物入りな学校だ。靴《くつ》、カバン、文房具《ぶんぼうぐ》――わたしをなんだと思ってるんだろう？　億万長者《おくまんちょうじゃ》か？」

父さんの声はだんだん小さくなったが、それだけに不気味だった。

「ファリダー先生が、水着も持ってきなさいって」

フィンが小声で言った。ミスター・マクフィーが、いすのひじかけのところを、こぶしでバンとたたいた。

「次はなんだ？　月に飛んでいけとでも？　宇宙服《うちゅうふく》を買ってやれとぬかす気か？」

父さんはフィンの顔の前で、きたない指をふって、フィンを追いはらった。

「金はないからな、わかったか？　泳ぎになんか、行かせるもんか。深い海は人を殺す。あの人をうばったのは海じゃないか。もう何度も言って聞かせたはずだ――浜《はま》に近よっちゃいかん。港にいるところを見つけたら、ただじゃ……」

父さんはさらにいかりをつのらせたが、フィンはもう聞いていなかった。父さん、今なんて言った？　海があの人をうばった？　それって母さんのこと？　母さんは、おぼれたの？　だから父さんは海をあんなにきらって、ぼくを浜に行かせてくれないの？

父さんが玄関《げんかん》でブーツをはいている。そのときになってやっと、父さんが言っていることが耳に入ってきた。

「ファリダー先生には話しておく！　学校に行って、話をつけてくる」

フィンはギョッとして飛びあがった。

「わかったよ、父さん。行かなくていいってば」

フィンがあわてて言った。

「水泳教室には行けないって、自分で話すから」

フィンは息をつめて、父さんの顔色をうかがった。この前、父さんが学校にかけこんだときは、生徒全員の前でファリダー先生にどなりちらしたので、教室のみんなが口に手をあてて、しのび笑いをした。最後は、ファリダー先生が用務員《ようむいん》さんを呼《よ》んで、父さんは校門の外に連れだされた。フィンは、はずかしくてはずかしくて、死んでしまいたくなった。

今日はありがたいことに、父さんはブーツをぬぎすて、いすにへたりこんで、いかりがしずまった。

「気をつけろよ、フィン。ちゃんと言《い》い張《は》れ。ぜったい泳がないってな、わかったか？おまえのことが心配なんだ。おまえによかれと思ってのことだ。わかるな？」

「わかったよ、父さん、わかった」

フィンは力なく言った。父さんの顔を見ると、またいつもの悲しげな顔にもどっている。そりゃ、ほかの子たちとミニバスで行くなんて、ゆるしてくれないと思ったさ。でも希望はすてないから。

フィンは父さんの横をすりぬけ、玄関《げんかん》から外に飛びだし、崖《がけ》の上を走って村に向かった。学校にはどうしても早く行きたかった。いちばん乗りで学校に着きたいのだ。そうしてほかの子たちがドヤドヤと入ってくる前にこっそり、すみっこの席にすわりたい。目立たないようにしているのがいちばんだ。

学校に着くまでに、夏の雨がザーッとふりはじめた。父さんは時間がないと言って、レインコートや長靴《ながぐつ》を買ってくれないが、雨は気にならない。ふっていても気がつかないくらいだ。

ストロムヘッド小学校は大きくて広いが、半分の教室が、がらんと空《あ》いている。何年か前までは、村には子どもがおおぜいいた。漁師《りょうし》や農民の息子《むすこ》や娘《むすめ》、村で酒場や店を経営《けいえい》している人の子どもたち。それが今は、漁師がほとんどいない。港に残っているのはチャーリーのお父さんが持っているトロール船だけだ。このトロール船を使ってロブスターの罠《わな》を仕かけている。店もみんなやめてしまった。開いているのは、ミセス・ラムが働いている雑貨店《ざっかてん》だけだ。そのかわり、村にやって来た人たちもいる。ジャスのお父さんのジェイミソン教授《きょうじゅ》もそのひとりで、もう何年も前に役目を終えた灯台《とうだい》にひっこしてきた。アミールと両親も、パキスタンからストロムヘッドにやってきた。でもアミールのお父さんはアバディーンのフェリーの会社で働いているので、めったに家には帰ってこない。

学校の生徒は全部で十一人しかいない。二つのクラスに分かれている。低学年は五人で、運動場をはさんで反対側にある建物で勉強している。残りの六人はファリダー先生が教えている高学年。チャーリー、ジャス、アミール、カイラ、フィン、ドギーだ。チャーリーとアミールとジャスは十一歳《さい》で、カイラは十歳。ドギーはまだ八歳だが、低学年に入るには大きすぎる。高学年の組で、ほかの子についていこうとがんばっている。フィンも十一歳だが、ほかの三人より大人っぽいようでもあり、年下の子より子どもっぽいようにも見えて、どの子ともなじめないでいる。ファリダー先生は、フィンがほかの子と仲よくなれるように手をつくしてくれるが、フィンはひとりでいてもへいっちゃらなので、放っておいてくれると、ほかの子もフィンもホッとする。

フィンは、チャーリーが教室で大さわぎしているのを、うんざりしながら見つめていた。

もうずっと前から気づいているが、雨の日のチャーリーは元気をもてあましている犬みたいになる。小さい教室に閉《と》じこめられるのが苦手で、イライラして爆発《ばくはつ》しそうになる。相手にならないのがいちばんだ。

でも今日のチャーリーは、雨どころではなく雷《かみなり》にでも打たれたように荒《あ》れている。フィンはもちろん知らないが、チャーリーは今日の朝ごはんのとき、トーストしたパンを床《ゆか》に落としてしまったのだ。それもバターでベトベトな方を下向きに。それで姉ちゃんに不器用な子ね、と笑われ、父ちゃんには耳をふさぎたくなるような言葉でののしられた。その上、運動靴《うんどうぐつ》の片一方《かたいっぽう》を探《さが》して家のまわりを走っているときに、つま先をいやというほどぶつけたひょうしに、ネコをふんづけ、ひっかかれた。

＊

雨にふりこめられた休み時間も昼休みも、フィンはチャーリーの方を見ないようにしていた。雨の日の午後は、いつも最悪になる。子どもたちはみんな、教室の中にいるのにあきあきしてイライラしてくるのだ。今日はふだんにもまして、ひどいことになっている。

雨が、屋根にあいた穴《あな》をつたって教室の中にまで入りこんできた。しずくが壁《かべ》をつたい、ストロムヘッドの灯台《とうだい》の絵を台なしにした。フィンが描《か》いた絵だ。フィンが心の底からほこらしく思っている絵なのに。

フィンは、あと三十分も続く授業《じゅぎょう》を聞きもせず、ただ席にすわって、ファリダー先生が壁のぬれていないところにピンで留《と》めたポスターを見上げていた。イルカについてのポスターだ。水からはねあがった大きなイルカの写真が真ん中にドンとあって、青空を背景《はいけい》に、きらめく銀色のしずくが飛んでいる。そのまわりに、いろいろな種類の小さいイルカの写真がある。イルカが住んでいる場所を示《しめ》す地図と、イルカがどうやって生きているかの説明も書いてある。

フィンは、ポスターに夢中《むちゅう》になった。見つめていると、深い海を流線形の生き物が何キロも泳いで移動《いどう》しているのが、見えるような気がする。わきに子どもを引きつれたイルカたちが、たがいに呼《よ》びかわしながら、海からはねあがり、水面を尾《お》でたたく。授業なんかそっちのけで、イルカといっしょに海の中にいる自分を想像《そうぞう》した。体の横を水が流れていく。まわりに友だちがいることなど忘《わす》れて、海の中の自分になりきった。

空想の中に突然《とつぜん》、ファリダー先生の声がひびいた。

「あしたは、学校を休みにします。この雨もりを直さなければなりませんからね」

と、言っている。

「今日は金曜日。そして月曜日は国民の祝日。ですから、長い週末を楽しめますよ」

フィンは、ウーンと思った。ビクビクしながらすごす学校と、ひとりでポツンとすごす休日は、どっちもどっち。学校のほうがまだましかもしれない。

「フィン？　フィン！」

ジャスがフィンをつついた。

「聞いてるの？　もう教科書をしまわなくちゃ。手伝おうか？　ねえ、やっと雨がやんだわよ。外はすごくいいお天気」

フィンはハッと我《われ》にかえった。ようやく学校が終わる週末だというのに、気づきもしなかった。ジャスが言うとおり、雨はやみ、窓《まど》から入る陽ざしが、教室の床《ゆか》を照らしている。

フィンは照れくさそうにジャスにうなずいた。ジャスは近ごろ、やけに親切だ。

どうせ、あのパーティーのことがうしろめたいんだろう、とフィンは思った。でも口先だけの親切じゃないよな、とも思った。ジャスだけは、ときどき話しかけてくれる。ローマ人についての課題を、進んで手伝ってくれたこともある。もっとも、手伝い終えたときには、ホッとしたのがわかったけど。

ほかの子たちは帰りじたくをして、もうドアに向かっている。フィンがあわてて、机《つくえ》の上に広げたままの教科書をそろえると、ジャスが横から手を出して受けとり、棚《たな》にもどしてくれた。フィンはまだ半分夢《ゆめ》の中といった面持ちで、かばんをかかえ、ドアに向かった。

「ほら、フィン——宿題を忘《わす》れてるわよ」

ジャスが、机の上の紙をとりあげてフィンにわたした。フィンは紙に見入った。

「聞いてなかったの？　この詩を、休みのあいだに覚えなくちゃいけないの。ほら、ファリダー先生が話してくれたでしょ。イルカの姿《すがた》をした妖精《ようせい》のお話」

フィンは、教室のドアに向かって歩きながら、詩を読みはじめた——読みながら、ギョッとした。

漁師《りょうし》がひとり浜辺《はまべ》にすわり
網《あみ》をつくろう　ため息をつきながら
海のかなたのイルカの耳に
漁師の歌声がとどいた　愛の歌が

イルカは矢のように泳いだ　まっすぐに　一心に
海を泳ぎ　陸を走った
もうイルカではない！
金色の髪《かみ》をなびかせる美しい乙女《おとめ》

読みながら、フィンの心は、はるか遠くに飛んでいたので、チャーリーのことなど、すっかり忘れていた。そのチャーリーは、時間がたつほどに、がまんができなくなっていた。今日は何時間も外に出られなかったので、もう火山みたいになっている。熱い岩や蒸気《じょうき》や溶岩《ようがん》がフツフツと煮《に》えたぎり、今にも爆発《ばくはつ》しそうだ。

フィンが詩を夢中《むちゅう》で読みながら、教室のドアを出ようとしたちょうどそのとき、チャーリーもドアをすりぬけようとしたのは、運が悪かったとしか言いようがない。フィンがモタモタしていたので、チャーリーがおしたのだ。まだ夢見心地《ゆめみごこち》のフィンは、バランスをくずしてうしろ向きにたおれ、テーブルをひっくりかえしてしまった。クラスのみんなで貝がら集めをする手はじめに、ファリダー先生がテーブルの上にきれいにならべていた先生の貝がらが、大きな音をたてて床《ゆか》に散乱《さんらん》した。古くて立派《りっぱ》な貝がらが、いくつもこわれた。

　フィンが悲鳴をあげた。フィンは貝がらが大好きだ。貝がらを手にとって色をながめたり、たたいてみたり、大きなものは耳にあてて海の音が聞こえるかたしかめたりするのは、とても楽しい。気が動転したフィンは、警戒《けいかい》するのも忘《わす》れて、詩の紙をポケットにねじこみ、しゃがんで貝がらを拾った。

「何したか見ろよ、チャーリー！」

思わず口から出た。

「みんなこわれちゃったじゃないか」

チャーリーがものすごい形相《ぎょうそう》で目をむいた。

「おれがやったとか？　テーブルをひっくりかえしたのは、だれだ？　通せんぼしてたのは、どっちだよ？　コソコソしやがって――コソコソして、陰険《いんけん》で……」

教室の横の小さい職員室《しょくいんしつ》から、あたふたとファリダー先生が出てきた。

「チャーリー！　今度は何をしたの？　もうたくさんだわ。こんなにめちゃくちゃにして。わたしの貝がらを！」

チャーリーの溶岩《ようがん》のようなかんしゃくが破裂《はれつ》した。

「おれじゃないもん！　こいつ！　フィン！　こんなぼろっちいテーブルに、だれがさわるもんか！」

「フィンですって？」

ファリダー先生が、まさか、という声で言った。

「がっかりしたわ、チャーリー。ほかの子のせいにするなんて」

このひとことで、チャーリーがブチ切れた。

「ちがう！　先生はいつも、おればっか！　やったのはフィンだ！」

チャーリーがさけんで、フィンに顔を向けた。まるでトラのような恐《おそ》ろしい顔がせまってきて、フィンは息が止まりそうになった。心臓《しんぞう》をバクバクさせながら、フィンは教室を飛びだし、校門を通って、丘《おか》をかけおりた。

「ウォー〜！」

チャーリーがわめきながら、猛然《もうぜん》と追いかける。やっと外に出られたのに、今日という日をめちゃくちゃにしやがったヤツが、逃《に》げようとしている。頭にドッと血がのぼり、何もかも忘《わす》れて目標《もくひょう》に向かってまっしぐら。獲物《えもの》をつかまえてみせる、そうして——それから——。

「早く早く！」

ジャスが、ほかの子たちに向かってさけんだ。

「チャーリーがいかりくるってる！　止めなくちゃ。ひどいことをやらかす前に！」

「フィンにおそいかかりそう！」

カイラが金切り声をあげた。

校門のところで左右に首をふりながら心配そうに立っているファリダー先生を残し、ジャス、アミール、カイラ、ドギーが、チャーリーとフィンを追いかけた。六人が猟犬《りょうけん》の群《む》れのように丘を猛然とかけおりていく。

フィンは、行き先を考える余裕《よゆう》がなかった。丘の斜面《しゃめん》を飛ぶように走った。足の裏《うら》の感《かん》触《しょく》が、草から村の道路の舗装《ほそう》になり、それから突然《とつぜん》、港にそびえる防波堤《ぼうはてい》の上のザラザラした砂利《じゃり》になった。しまった、とんでもないヘマをやっちまった。行く手にあるのは切り立った岸壁《がんぺき》。その向こうは海。追いこまれた。

フィンはくるりと向きをかえ、海を背《せ》にした。チャーリーがもうすぐそこまでせまっている。

「貝がらのテーブルをひっくりかえしたのは、おまえだぞー！」

チャーリーがさけんだ。

「おれのせいにしやがって！　おまえがやったんだ！」

フィンが一歩うしろに下がった。それからもう一歩。そしてもう一歩。そのとき、足が宙《ちゅう》にういた。腕《うで》と足をバタバタさせながら、フィンは防波堤から落ちていった。下へ下へ。そして冷たい緑色の海に。

3

チャーリーはショックのあまり、一瞬《いっしゅん》、ポカンとした。さっきまで真っ赤だった顔が、真っ青になっている。ジャスが走ってきた。

「何したの、チャーリー？　フィンはどこ？」

「フィンが――フィンが海に落ちた」

チャーリーが言葉をつまらせながら言い、ワッと泣きだした。カイラがギョッとした顔で、息をのんだ。

「フィンて、泳げないよ！　おぼれちゃう！」

ほかの子たちがドヤドヤとやってきた。

「何、どうした？」

アミールが聞く。

ジャスが防波堤《ぼうはてい》から海をのぞきこんだ。小さなボートがいくつかうかんでいる。そのそばに、防波堤から船着き場におりる階段《かいだん》が見える。

「フィンが落ちたの」

ジャスが手短かに言った。

「ここからは見えないわ。ボートのかげにいるんじゃないかしら」

「動けないのよ、きっと」

カイラはいつも悪いほうばかりを考える。

「おぼれたんだわ。そのうち、ぐったりした体がうかんできて、それから――」

チャーリーがうめくような泣き声をあげた。

「フィンを追いかけちゃダメだよ、チャーリー。殺しちゃったかもしれないよ」

ドギーがとがめるように言った。

チャーリーは頭をかかえ、車止めのポールのそばに、くず折れた。

ガチャガチャという音に、ジャスが目を上げた。港の向こうのはしで、チャーリーのお父さんがジャニーネ号のデッキにロブスターの罠《わな》を引きあげている。ジャスが両手で口のまわりをかこみ、メガフォンのかわりにして、大声で言った。

「ミスター・マンロー！　助けてー！　フィンが海に落ちたー。フィンは、泳げなーい！」

ミスター・マンローには声がとどかなかったようで、トロール船の操舵室《そうだしつ》にひっこみ、エンジンをかけはじめた。

「もっと大きい声を出してみたら、ジャス」

カイラが助け船を出した。

チャーリーが顔を上げた。

「耳が遠いんだ。だから聞こえない。みんなおれのせい。おれが殺した。おれは……」

「アミール、どうしたの、靴《くつ》なんかぬいで？」

ドギーが言った。

アミールは靴をぬぎすて、一方の靴にメガネをつっこみ、セーターをぬいだ。ドギーの質問《しつもん》には答えず、もう階段《かいだん》を半分ほどつたって下の船着き場に向かっている。

チャーリーもあわてて立ちあがり、もがきながらトレーナーをぬぎはじめた。

「もどってこい、アミール！　おれのせいだって！　おれが行く」

チャーリーがさけんだ。

ジャスが、チャーリーのえり首をおさえた。

「アミールにまかせたほうがいいわ、チャーリー。いちばん泳げるのはアミールだから。救命訓練《きゅうめいくんれん》も受けてるし。あんたは、じゃまになるだけよ」

チャーリーがジャスにつかみかかろうとしたとき、ドギーがさけんだ。

「見て！　アミールが飛びこんだよ！」

四人はまた防波堤《ぼうはてい》に乗りだして、下を見た。アミールが、胸《むね》のあたりまで水につかりながら、二隻《せき》の小型モーターボートのあいだに立っている。びっくりした顔だ。

「すごくあさいよ、このあたり」

「引《ひ》き潮《しお》だ」

アミールが上のみんなに大きな声で言った。

「フィンはいる？」

ジャスがさけびかえした。アミールは答えずに、小型ボートのあいだを歩きまわっている。ボートのうしろや下をていねいに見ながら。

「そのあたりにいるはず」

カイラが下に向かって大きな声で言った。

「フィンは水がぜんぜんダメだからね。しずんでるかも。おぼれて、もう死んじゃったかも」

「やめてよ、カイラ」

ジャスがチャーリーの表情《ひょうじょう》を見ながら言った。

「死んじゃいないわよ。おぼれてたら、アミールが見つけてるわ。わたしたちにも見えるはず」

アミールがしずくをたらし、あえぎながら、階段《かいだん》をのぼってきた。

「ぜんぶ見た。ボートのまわりもぜんぶ。あそこにはいない。でも、だいじょうぶだよ。すごくあさいから、泳げなくてもへっちゃら。みんなで下をのぞいてるあいだ、ボートのうしろにでもかくれてたんだろ。それで、みんなでさわいでるすきに、こっそり浜《はま》にあがったんだよ、きっと」

子どもたちは心配そうな顔で見つめ合った。どうすればいいんだろう。防波堤《ぼうはてい》に沿《そ》って、さらに高く石が積まれているので、防波堤のはしが見えない。その向こうで浜からあがれるようになっているのかどうか。防波堤の海側の斜面《しゃめん》は荒《あら》けずりの石でできていて、でこぼこしている。

「のぼって見てみる」

アミールが言った。

チャーリーがアミールをおしのけ、何も言わずに石積みの上までのぼりはじめた。アミールは靴《くつ》をはき、服の水をしぼろうとしている。

「ムチャしないでね」

ドギーがチャーリーに大きな声で言った。

「こまったことになるかもよ」

チャーリーが防波堤のてっぺんに近づいたとき、ジャニーネ号の方からどなり声がした。ミスター・マンローが見ていたのだ。

「おりろ、わんぱくこぞう！　すぐに！」

チャーリーは父ちゃんのこわい声がしたとたん、足をふみはずし、玉砂利《たまじゃり》の上にたたきつけられた。ジャスがかけより、よろけるチャーリーを立ちあがらせようとした。

「チャーリー、だいじょうぶ？」

「骨折《こっせつ》したかも」

カイラが言った。

「うるせえな、カイラ。ピンシャンしてら」

チャーリーは、からいばりしながら、足を引きずってジャスとドギーのあとを追った。

ジャスとドギーは、砂利道《じゃりみち》を通って舗装《ほそう》道路の方に走っている。そのすぐうしろをアミールが足音高くついていく。


数分後、五人は防波堤《ぼうはてい》の反対のはしから砂浜《すなはま》を見おろしていた。ゴツゴツした岩が浜をかこんでいる。

「いないわね」

ジャスが言った。

「あとかたもなく消えちゃったみたい」

「岩のかげにかくれてるんだよ、きっと」

と、アミール。

「かくれる場所はいっぱいある」

「行ってみましょうよ」

ジャスが言った。

「このまま帰るわけにはいかないもの。もしかしたら、けがしてるとか――」

「チャーリーは来ないほうがいいよ。チャーリーを見たら、フィンはまた殺されるかと思っちゃうから」

と、ドギー。

カイラはチャーリーのいかりがまた爆発《ばくはつ》するのではないかと心配そうに見ていたが、チャーリーはドギーをにらんだだけで、走ってフィン探《さが》しにくわわった。アミールとジャスは岩によじのぼっては大声で呼《よ》んでいる。

「フィン！　フィン！　だいじょうぶ？　出てきて、フィン！」

浜一面に転がっている岩の中には、水に半

分つかっているのもある。そういう岩には海藻《かいそう》がへばりついているので、ヌルヌルとすべりやすい。少年ひとりが身をかくせる場所はいくらでもある。子どもたちは探《さが》しまくった。フィンの名前を呼《よ》びながら、割《わ》れ目《め》やすきまをかたっぱしから調べたが、どうしても見つからない。

最初にフィン探しをあきらめることになったのは、ドギーだ。岩にはいあがっているところを、村の雑貨店《ざっかてん》の仕事から帰るお母さんに見つかったのだ。お母さんは、浜までかけおりてきてさけんだ。

「ドギー、ドギーったら！　そんな岩にのぼっちゃダメ。けがするじゃないの！　どうして家でおとなしくしてないの」

お母さんは浜に立って待っている。ドギーが岩からジャンプしておりてくるなり、ドギーの腕《うで》をギュッとつかんだ。ドギーは体をよじってのがれようとした。

「ダメです」

お母さんはきびしい声で言った。

「いっしょに帰るのよ。その足を見てごらん。ずぶぬれじゃないの。かぜをひきますよ。カイラ、カイラもよ！　家に帰りなさい！」

「いま行くから、ママ！」

カイラが素直《すなお》に答えた。

「ちょっと待って！」

カイラは横の岩に飛びうつって、フィンを探し続けた。

ミセス・ラムは仕方なしにさけんだ。

「じゃあ、もう少しだけね。おやつの時間におくれないように」

カイラは知らんぷり。それを見たアミールは、くやしいけどなかなかやるな、と思った。母さんの言うことを素直に聞いてるフリなんてしたくない。やりたいように、やらせてほしい。でもうちの母さんは、ミセス・ラムより頑固《がんこ》だからな。それにしても、ドギーは完全にミセス・ラムの言いなりだな。アミールは、ドギーがかわいそうになった。ぼくだったら、母さんにあんなふうに赤ちゃんあつかいされたら、とってもがまんできないよ。


それから十分以上探して、フィンは岩のかげにも岩の上にもいないことがはっきりした。

「ぜんぶ見たわ」

ジャスが砂《すな》の上に飛びおりながら言った。

「フィンはここにはいない」

「海から出て、浜《はま》をかけぬけたってことになる――チーターみたいに」

アミールが言った。アミールは野生動物の映画《えいが》を見るのが好きなのだ。

「へんだよな。そんな時間、なかったもんな」

「へんだよ！　まったく、フィンらしいや」

チャーリーがバカにしたように言った。「へんだよ」と言ってしまってから、こんなことになったのはみんな、おれのせいだったと思い出した。フィンをいじめるのはやめようって、決心したばかりなのに。チャーリーは金髪《きんぱつ》のスパイキーカットの生えぎわまで赤くなりながら、靴《くつ》の先で砂《すな》をけり上げた。

「あきらめて、家に帰ったほうがいいかもね」

ジャスが心配顔で、浜をもう一度見やりながら言った。

みんな無言で、海岸から村まで続く港の上の細い道に向かった。村に着くと、ジャスが急に足を止めた。

「フィンのこと、よく考えなくちゃね。ひきょうだもの、フィンにああいう態度《たいど》とってたのは。ドギーのパーティーでは仲間はずれにしたたし」

「そりゃそうだけど……」

カイラが言いかけた。

「みんなはどうしたいわけ?」

と、ジャス。

「でもなあ……」

アミールは言いかけて、声がしぼんだ。

「ジャスが言うとおりだよな」

チャーリーがしぶしぶ言った。

「おれたち――っていうか、おれだけど、意地悪をやめなくちゃ」

突然《とつぜん》、港から大声がして、チャーリーがふり向いた。ミスター・マンローが、ずらりとならべたロブスターの罠《わな》のそばに立って、両腕《りょううで》をふりまわして呼《よ》んでいる。

「行かないと」

チャーリーがあわてた。

「父ちゃんがどなりまくるから。本当は今日の午後、漁《りょう》を手伝うことになってたんだ」

「じゃあ、あしたね」

ジャスが急いで言った。

「とにかく集まろう。話し合わなくちゃ。灯台《とうだい》に十時。計画を立てて、やることを決めましょう」

「その前に、お父さんに、灯台に集まっていいか聞かなくていいの？」

カイラが心配そうに言った。

「父さんは仕事中だもの。わたしたちがいたって気がつかないわよ」

ジャスがにやりとしながら答えた。

4

フィンはこれまでにも、こわい思いをいっぱいしてきたが、チャーリーが追いかけてきたときの背筋《せすじ》がこおるこわさは、そんなものじゃない。心臓《しんぞう》がバクバクする音が、太鼓《たいこ》のように聞こえた。キツネから逃《に》げるウサギのような気分だった。

チャーリーの恐《おそ》ろしい顔から逃げたくて、空中にまであとずさりしてしまったときは、あわてまくった。泳げないんだよ！　おぼれちゃう！　という思いがよぎった。そして、水の中にドボーン。港の階段《かいだん》の下にうかんでいる小型モーターボートに、もう少しでぶつかるところだった。落ちたいきおいで波が立ち、ボートがぐるりとまわったので、フィンはそのかげになった。それで、フィンが落ちてすぐ下をのぞいた子どもたちには、見えなかったのだ。

フィンは生まれてからこの時まで、水に入ったことがなかった。プールで泳いだこともなければ、おふろの中でふざけたこともない。海でバタ足をしたこともないのだ。フィンはあまりのショックに息ができなくなった。潮《しお》が沖《おき》の方まで引いているので、水が肩《かた》まできていても足はつく。ボートをつなぐ柱がすぐそばにあったので、しがみついた。水が冷たくて、しばらくは体の自由がきかなかった。

それでもまだ、チャーリーのことがこわかった。

チャーリーは水なんかへいっちゃら。ここに飛びこんで、ぼくを見つけて……それから……フィンは決めた。逃《に》げよう。

フィンはボートのかげから目だけ出して、向こう側をのぞき、それから上を見た。ジャスがミスター・マンローを呼《よ》んでいるのが聞こえた。ほかの子たちもガヤガヤ言っているが、みんなの顔は見えない。しめた！　フィンは大急ぎで、防波堤《ぼうはてい》から海におりる階段《かいだん》の方に移動《いどう》した。階段の下に板張《いたば》りの踊《おど》り場《ば》がある。あそこなら、見つからない。あそこにかくれていれば、みんながいなくなるまで待てる。そうしたら海からあがって、家に帰ろう。

頭の上で、木の階段をおりてくる足音がしたので、フィンは踊り場の下の暗がりに身をひそめた。すると大きな音とともに水しぶきがあがった。アミールが海に飛びこんだのだ。

フィンはさっと身をかがめて水の中に入った。頭だけ水の上に出して息を殺していると、アミールがほかの子たちを大きな声で呼び、それに答える声が聞こえた。アミールが踊り場にあがり、階段をかけのぼっていったとき、フィンはようやく息をつくことができた。

浜《はま》にだれもいなくなったのをしっかりたしかめ、寒くてこわくてふるえながら、板のはしをつかんで、踊り場の下からはいあがろうとした。でもコケでヌルヌルしていて、手がすべり、フィンは頭からまっさかさまに海に落ちた。

恐《おそ》ろしく長いこと、フィンは腕《うで》と足をバタバタさせながら、背《せ》が立つところを探《さが》し続けた。ところが突然《とつぜん》、何かが変わった。

何かが起きている――へんだ、こわい。おぼれてるんだ、とフィンは思った。おぼれてるんだよ、これは。

でも、どういうわけか、いやな感じはしない。

母さんもこんな気分だったんだろうな、と思った。もしかするとこれは、母さんの仕業《しわざ》か。母さんがぼくを待っているのかも――向こうで。

フィンは、もがくのをやめた。安らかな落ち着いた気分で、水の中にうかんでいる。体はすっぽり海の中。でも、もう冷たさも感じない。波のうねりに身をまかせていると、波に、よく来たねと言われているような気がする。波にだかれている気分。フィンは苦もなく、顔を上げて、くずれる波をやりすごし、長く深く息を吸《す》った。それからまた水の中へ。ふしぎな力がわいてくるのがわかる。

まだ息をしてるってことは、死んではいないんだろうな。フィンはうっとりしながら考えた。でも、そんなことはどうでもいい。心配することなんかありゃしない。水の中はこんなに気持ちがいいんだから。

何かが足に触《ふ》れた。なんだろうとふりかえった。小さな魚だったが、もう行ってしまった。でも、新しいことがわかった。緑色のすみきった水を通して、ずっと遠くの方まで見わたせる。海藻《かいそう》が防波堤《ぼうはてい》をやさしくなでている。小さな魚がまたそばを通った。いろいろな音も聞こえる。こんなにいい耳だとは知らなかった。港の向こう側で、ミスター・マンローがジャニーネ号のエンジンをかけるブルンブルンという音が、こんなにはっきり聞こえるなんて。防波堤の石に当たってくだける波の音を打ち消すほどの、大きな音だ。

ぼくに何が起きたんだろう。こんな気分、はじめてだ。なんだか――夢《ゆめ》みたい！ すると、これまで味わったことのない喜びが、わきあがった。何が起きたかなんて、どうでもいいや。フィンは海に身をまかせた。なんだか自分の家に帰ったようで、安心だ。

体を回転させて、髪《かみ》の毛《け》や体を水がなでてくれるのを楽しんだ。テレビで見た水泳選手のように、腕《うで》や足を動かしてみた。あ、泳げる！　泳いでる！　息をするよりらくちん。陸を歩くよりずっとかんたん！

水中の心地よさを台なしにしているものが、ひとつだけあった。それはジャニーネ号のエンジンのブルルルという音だ。あの音が聞こえないところまで行って、海の音を聞いてみたい。

フィンは、水の中をすべるように進みはじめた。腕も足も自然に動いて、まっすぐにスイスイ泳げる。目の前でくり広げられる光景に見とれた。流れる水に差しこむキラキラした陽の光。水の中にぼんやりうかぶ岩の影《かげ》。海の底をゆっくりとはっているヒトデ。

息を止めていることに気づきもせずに、フィンはずいぶん長いこと水の中にいたが、さすがに、もうだめだ。海面に出て胸《むね》いっぱいに空気を吸わなければ。そうしてまた、どこまでも泳げるような気分で、海にもぐった。

いつの間にかジャニーネ号のエンジン音がやんで、フィンは生まれてはじめて、海の音にとりかこまれた。下のほうで、岩によじのぼろうとしているロブスターがけとばした小石が落ちる、かすかな音がした。あれは水面に舞《ま》いおりるカモメの鳴き声だろう、ヒュー！　ヒュー！　と、小さく聞こえる。そして、ザザーッ、ザザーッと、ゆっくり、リズミカルにくりかえしているのは、浜辺《はまべ》でくだける波の音だ。

そういう海の音の中から、聞いたこともない美しい音色が聞こえてきた。さざ波の音にかぶさるように、聞こえるか聞こえないほどかすかだった音が、次第に大きくなってきた。

だれかが、それとも何かが、口笛を吹《ふ》いているんだ。

どこかで聞いたことのあるようなそのひびきに、フィンはすっかり心をうばわれた。なんの音だっけ、と思う間もなく、前の方に形のあるものがあらわれた。長いグレーのヒレと尾《お》が見える。まだ若《わか》いイルカだ。

フィンはうろたえた。

ぼくと同じくらい大きい。イルカって、どんな動物だっけ。おそわれたらどうしよう？

イルカがそばまで泳いで来て、フィンの背中《せなか》をなでた。フィンはビクッとして横に逃《に》げたが、イルカはおどけて、鼻づらでつついてきた。イルカが今度はギッ、ギッという音を出しはじめた。フィンも心の中で、そのリズムに合わせて調子をとりながら思った。

きみが言ってること、ぼく、わかるよ。ぼくと友だちになりたいんだね！

フィンは、また息をしなければならなくなった。急いで水面に出て、空気をいっぱい吸《す》った。イルカもうかびあがった。ふたりいっしょに、水から頭を出して、見つめ合った。

こいつ、ぼくのこと好きなんだ！　驚《おどろ》いた。ぼくと遊びたがってる！

イルカが水にもぐって泳ぎはじめた。あの口笛のような音を出しながら。まるで、ついて来いよと言ってるみたいだ。ついていけるかな。でもスイスイ泳げることがわかった。方向を変えるのも、深くもぐるのも、体をくねらせるのも、友だちになったばかりのイルカに負けずおとらずスイスイできる。

イルカのやつ、何してるんだろう？　口をパクパクさせて、合図を送っている。

「はねる」と言ってるみたい。そうか、とびはねようとしてるんだ！　やっぱ、はねた！

イルカは水中をいきおいよく上に向かって泳ぎ、水面をつきぬけて、空中にはねあがったかと思うと、すぐにまた水にもぐってきた。そして体をくねらせながら、フィンのところにもどってきて、またギッ、ギッという音を出した。

心地よい音だ。フィンも心の中で、ギッ、ギッ、ギッという音で答えた。

キスしてもらったら、こんな気持ちになるのかな。そう思ったとたん、いつものように悲しみがこみあげた。ぼくが赤《あか》ん坊《ぼう》だったとき、母さんはぼくにキスしてくれたはず。でも母さんのことは何ひとつ覚えていない。

イルカは、また身がまえて、はねあがろうとしているみたいだ。フィンに向かって、口をパクパクさせながら口笛のような音を出している。

いっしょにとびはねようって言ってるんだ。でもな——あっ——そうだ、ぼくも飛べるんだ！　ビューン！

飛べた！　いきおいよく水面に落ちて、イルカくんより大きな水しぶきを上げちゃったけど、飛ぶのって、こんなに気持ちよくて、スカッとするんだね。

フィンも、ギッ、ギッ、ギッという音を出してみた。なかなかうまくいかなかったが、努力はしてみるもの。どうやらイルカくんが気に入ってくれたようなのだ。フィンをヒレでたたきながら、やさしくよりそって泳いでくれた。それからは、どういうわけか、ふたりの息がぴったり合った。ふたりそろって、ちょっともぐってから、上に向かって水中をつっきり、同時に水の上に出て、いっしょに空中を飛んで、ならんで水の中にザブーン。

友だちと遊ぶなんて、フィンには生まれてはじめてのことだ。

フィンは海の中で、水面めざしていきおいよく泳いで、しぶきをあげたり、いつまでも遊んでいられそうだったが、イルカくんはだれかに呼《よ》ばれたように、はなれていく。フィンはしばらくついていったが、イルカくんの泳ぎは早すぎる。追いかけているうちに、どんどん岸からはなれていく。

しまった、こんな遠くまで来てしまった。フィンは急に心配になった。

とにかく陸にあがって、いつもの自分にもどりたい。死んでも、おぼれてもいないことをたしかめたい。

フィンはしなやかに体の向きを変えると、波のくだける音に向かって、楽々と泳ぎはじめた。そして数分後には、ティーシャツとズボンをしぼりながら、浜《はま》に立っていた。また陸の上にいるのがふしぎだった。海の中ではあんなに元気だったのに、そういう力は消え失せ、いつもの、まごまごとした不器用なフィンにもどっていた。

おそるおそるまわりを見まわした。恐怖《きょうふ》でおなかが痛《いた》い。チャーリーがまだそのへんにいるにちがいない。けんかの続きをやる気かもしれない。

フィンは猛然《もうぜん》と砂浜《すなはま》を走りぬけ、浜と海岸道路を結ぶ斜面《しゃめん》をかけあがった。あんまりいきおいよく走ったので、わき腹《ばら》が痛くなり、体を折り曲げて、ちょっとだけ休む羽目になった。それから、チャーリーやアミールやドギーの家がある海岸通りはさけて、裏道《うらみち》にかけこんで家に向かった。頭の中は、いったい何が起きたんだろうという思いでいっぱいだった。


崖《がけ》の上の家までは、ずいぶん歩かなければならない。チャーリーやほかの子たちも、ここまでは追いかけて来ないだろうというところまでたどりつくと、フィンはハイハイしているくらいの、のろのろ歩きになった。いろいろな思いがこんがらかって、頭の中がグチャグチャだ。

「ぼくが、ほかの子とちがうってことは、わかってる」

フィンは声に出して言った。

「でも、どうしたんだろう？　ぼくの中に、まるでふたりの子がいるみたい。海の中の子と陸の子と」

港からのぼってくる道との分かれ道に牧場《ぼくじょう》の入り口がある。その向こうの牧草地から、一頭の牛がフィンを見ている。

「何をびっくりしてるの？」

牛に話しかけた。

「ぼくがひとりごとを言ってたから？　頭がおかしいわけじゃないからね」

でもすぐにフィンは思い直した。たぶんそうだ。たぶん頭がおかしくなったんだ。ぼくの頭、どうかしちゃったのかも。

海から吹《ふ》く風のせいで、木の幹《みき》が曲がりくねっている。フィンはその木から落ちた小枝《こえだ》を拾い、道ばたに生えている草に向かってふりまわした。

何が起きたか、父さんに話さなくちゃ。ぼくにはなんだかふしぎなことが起きている。父さんには知らせておかないと。父さんが、水に近づいてはいけないときびしく言っていたのは、こういうことだったんだ。

でも、海の中にいたなんて、父さんに話すのはこわい。水に入ってはいけないのは、いちばん大事な規則《きそく》なんだから。もの心ついたときから、たたきこまれてきた規則なのだ。

そうはいっても、やっぱり話さなければ。フィンはきびしく自分に言い聞かせた。ぼくがどんな動物——じゃなくて、どんな人間なのか、たしかめなくちゃ。それを教えてくれるのは、父さんしかいない。どんなふうに切りだせばいいんだろう。

でも、なやむ必要はなかった。家の玄関《げんかん》まで続く雑草《ざっそう》だらけの小道に入ろうとすると、ミスター・マクフィーが待ちかまえていたのだ。腕《うで》を組み、不機嫌《ふきげん》そうに眉《まゆ》をよせている。

「見たぞ！　おまえを見た！　浜《はま》でな。何度も命じてきたはずだ。父さんはなんて言った？」

「海に行ったわけじゃないんだ。あのね、父さん——」

「じゃあ、何をした？」

「たしかに浜にいたよ、でも聞いてよ、父さん——」

「おまえは言いつけを守らなかった。言いわけなんか聞かんぞ、フィン。聞かん。今晩《こんばん》の夕食はなしだ。これからは言いつけを守ること。守らなかったら——スリッパでひっぱたいてやる、まちがいなく」

「父さん！」

　フィンは必死だった。

「聞いてよ！　話があるんだ！　へんなことが起きたんだよ。言いつけを守らなかったわけじゃない、うそじゃないよ。わざと海に落ちたわけでもない。チャーリー・マンローに港まで追っかけられて、防波堤《ぼうはてい》から落ちたんだ。たまたま水に入っちゃったんだ。でもね、父さん、とっても――すごーいことが起きたんだ！　泳げたんだよ！　音も聞こえた！　友だちになったんだ、イルカと……ぼくって、どういう子なの、父さん？　ほかの子とちがうのはわかってる。説明してよ、お願い！」

　ミスター・マクフィーのふりあげた腕が、空中で止まった。

「何を言ってるんだ？　ほかの子とちがうところなんてない。おまえは、父さんの子じゃないか？　どういうことだ、泳げたとか、聞こえたとか、あの……その……会ったとか？　そんなのは作り話だ、うそつきめ」

「ぼく、泳いだんだよ、父さん。遠くまでスイスイ、深いところを」

　言葉があふれだした。

「水の中ってすごいよ。見えるものも聞こえるものも、陸とはちがってた。もうダメだって思ったけど、すぐにダメじゃないってわかった。腕と足を動かすだけで、泳げちゃうんだ。息をしないでも長ーく水の中にいられた。そしたら音が！　すばらしい音が聞こえたんだ。そいでイルカに会った。そのイルカくんと——友だちになったみたい。信じられないかもしんないけど、イルカが言ってること、ぼく、わかったんだ！　父さん、信じてよ」

ミスター・マクフィーがうなり声をあげた。ひじかけいすを手でさぐり、そこにドサッとすわりこんだ。いすがこわれそうにギシギシ鳴った。父さんは、顔を両手にうずめた。

「いつか、こんなことになるだろうと思ってたさ」

父さんが泣きそうな声で言った。

「いずれ真実を知って、おまえも海に行ってしまうって。あの人みたいに、わたしを置いて行ってしまうってな」

「知るって、何を？　あの人って？」

フィンはゾッとして、鳥肌《とりはだ》が立った。

「なんの話、父さん？　それって——母さんのこと？」

「ああ、そうだ。おまえの母さんのことだ。わたしが、おまえの話を信じないとでも思ったのか？　ほんとうのことを話しても、おまえにはなかなか信じられんだろうよ。まあ、すわれ。それから、そんな目でわたしを見ないでくれ——おびえた子ウサギみたいな目で。ほんとうのことを知りたいのなら、話してやろう」

父さんは、テーブルのそばの古びたいすを、ふるえる指で示《しめ》した。フィンはそのいすのはしっこに腰《こし》かけ、父さんの顔を心配そうに見つめた。

長いこと、ミスター・マクフィーは黙《だま》りこくっていた。それから、ひじかけに手をかけて立ちあがった。

「お茶が飲みたい」

父さんが低い声で言った。

「おまえも飲みたいようだな？　ちょっと待て」

そう言うと、父さんはせまくて物であふれているキッチンに入っていった。フィンは、いったいどんな話が飛びだすのだろうと、待ちきれずにイライラしながら、キッチンの水の音やマグカップのカチャカチャいう音を聞いていた。

ずいぶん時間がかかったが、ようやく父さんがもどってきて、湯気が立っているマグカップをフィンにわたすと、いすに腰をおろした。

「そうだな、フィン。ようやくな。本当のことをな。さっきも言ったとおり、こんな話はなかなか信じられんだろうが」

父さんはここで言葉を切り、せきばらいをした。

「あの人は――母さんはな――海の妖精《ようせい》だった。そりゃ、目がまんまるになっちまうだろうよ。母さんは海からやってきた。海の妖精は、たいていアザラシの仲間だが、イルカの仲間もいる。わたしのシルヴィアは、そういう人だったんだ」

フィンは、想像《そうぞう》もしなかった話にびっくりして、体がガタガタふるえた。ひとことも聞きもらすまいと聞いていたが、父さんの話はとても信じられないし、どういうことか飲みこめない。父さんが話をやめてしまうといけないので、じっと動かずにいたが、ミスター・マクフィーはフィンを見てはいなかった。よごれた窓《まど》を、うつろな目で見つめている。

「みんな、こういう話は、老人が語るおとぎ話だと思ってる」

父さんが話を続けた。

「わたしもそう思っていたさ。あの夜、あの人が海からやってくるまではな。あの人はそこに立って、歌を歌ってくれって言うんだ。きれいな人だったよ――」

フィンの頭に、パッとひらめくものがあった。

「その話、詩に書いてあった！　その詩そっくりだよ！」

フィンは父さんの話をさえぎると、手をポケットにねじこみ、クシャクシャになった宿題の紙をとりだした。まだ、ぬれている。やぶかないように、ていねいに紙を開いた。文字がにじんでいるが、まだなんとか読める。フィンは紙に目を落とし、夢中《むちゅう》になって詩の内容《ないよう》をくみとろうとした。

「乙女《おとめ》は身ごもり、男の子の母になる」

フィンはとまどいながら読み進める。

「乙女の心に愛があふれる」

フィンは感きわまったように言った。

「これ、ぼくのことだよね、父さん？　そうでしょ？　母さんは、この詩に書いてあるみたいに、ぼくのこと愛してくれた？」

「ああ、それはもう、おまえを愛していたよ、まちがいなく」

とミスター・マクフィーが言っているあいだに、フィンはまたかがみこんで詩を読みはじめた。父さんのほおになみだが流れ落ちているのにも気づかず。

「ああ　わたしは陸では乙女」

フィンが読む。

「海ではイルカ。これも、ぼくとそっくり！　ぼくが感じたこととおんなじ。でもぼくはイルカにはならなかった。男の子のままだった。イルカみたいな気がしただけ」

フィンは読むほどに驚《おどろ》きがまして、紙を持つ手がブルブルふるえた。

「ふしぎな子、魔法《まほう》の子、わたしのもとに生まれてきた子」

フィンは読むのをやめて、父さんを見やった。やっぱりそうだったんだ。

「父さんは、ぼくのこと、そういう仲間のひとりだと思ったんでしょ？　ぼくのこと――イルカの妖精《ようせい》だと思ったんでしょ？　でもぼくはイルカにはならなかったよ。半分、イルカになったかな、って思ったけど」

ミスター・マクフィーが、ふるえるような深いため息をついた。

「ああ、おまえも海の妖精じゃないかと思ってね。ずっとこわかったんだよ。その古い詩のことは、父さんも知っている。若《わか》いころ、みんなその詩を習ったからね。おまえがその――その詩が言っているような、魔法の子だってことも、わかってた。とにかく、おまえは、ほかの子とは、どこかちがうからね。おまえが海に入ったら、母さんのようになって、わたしをここに置いたまま、泳いでいっちまうんじゃないかと思ってね。それで、おまえをどうしても安全な陸に置いておきたかったのさ」

父さんは手をのばしてフィンの手をにぎった。今回は、フィンも手をひっこめたりはしなかった。

「おまえは、小さくてね。とってもかわいい子だった。ただ手が……『おやまあ──手が、ヒレみたいだね』って、お産婆《さんば》さんが言ったんだよ。でもすぐに、ふつうに見える赤《あか》ん坊《ぼう》になった。でも、母さんは、ふつうの子とはちょっとちがうと思っていただろうよ。わたしもそう思うこともあったが、そのことには、触《ふ》れたくなかったんだ」

「どうして母さんは、ぼくたちを置いて行っちゃったの？　ぼくを置いて？」

フィンは、声をしぼりだして聞いた。

「置いていくつもりはなかったんだよ、フィン。さっきも言ったように、母さんはおまえを、だれよりも愛していたよ。おまえからはなれず、歌を歌ったり、ふりまわして笑わせたりね。ただときどき、どうしても海に行きたくなるんだ。ときどき仲間が浜《はま》に来て、母さんを呼《よ》ぶからね。でもいつも帰ってきた。二、三日、口数が少なくなったが、幸せそうだった」

「でも、あるとき……？」

フィンが先を急いだ。

父さんは、声をふるわせながら、ため息をついた。

「わたしのことを、みんながなんて言っているか、知ってるか？　わたしが母さんを殺したって？　まあ、そうとも言えるさ。みんなが思っているのとはちがうが、わたしが仕事で乗っていた船が、母さんを殺したのさ。あの晩《ばん》、母さんはふだんどおり、おまえを寝《ね》かしつけた。わたしはまだ漁《りょう》に出ていた。母さんは、仲間が呼《よ》ぶのを聞いたんだろうね、仲間のところに出かけて行った。わたしらはみんな、漁にいそがしくて、イルカに気づかなかったんだ。漁師のひとりが、あいつを網《あみ》にかけちまってね。わたしは必死に助けようとしたよ、でも網から出してやれなかった」

「それって、母さんとはかぎらないじゃないか！」

フィンが熱心に言った。

「どうしてわかる？　母さん、まだ海にいるかもしんない。ぼくなら探《さが》しに行けるよ、父さん。連れて帰れる」

ミスター・マクフィーは首をふった。

「まちがいない。ようやくそいつを水からあげて、いまいましい網ごとデッキに横たえた。漁師《りょうし》たちは船尾《せんび》で魚の水あげをしてたがね、そうしたら、そいつがわたしのシルヴィアにもどったんだ。愛しい人……やがて、母さんの目がだんだん光を失う中、こう言った。『フィンを愛してやってね』母さんは小声でささやいた。それから母さんは……ゆっくりイルカにもどってしまった。暗かった。暗い夜だったが、わたしの腕《うで》の中で、イルカにもどったのがわかった。見ていた人はだれもいない。わたしはだれにも言えなかった。言えるかい？　だれかに言ってみろ。信じてもらえるか？　それ以来、わたしは秘密《ひみつ》を胸《むね》にかかえて生きてきた」

「どうしたの――そのイルカを、それから？」

フィンが声をふりしぼって言った。

「そっと海にもどしてやった。それから船で港に帰り、走って家に帰った。おまえのいる家にね。おまえは、何事もなかったように、ベビーベッドで寝《ね》ていたよ。それ以来、わたしは海に行ったことはない。船も仕事も何もかも捨《す》てた。みんなから人殺しと言われても、言いかえしたことはない。ある意味、それは正しいからな。母さんを殺したのは、わたしらの網だったし、わたしもその漁に加《くわ》わっていたんだからね。母さんが死んだのは、漁師のせいなんだ」

「どうして、もっと早く話してくれなかったの、父さん？」

フィンが小声で言った。

「話せなかったんだよ。母さんを殺したって、おまえに責《せ》められるのがこわくてね。それに、おまえも、わたしを置いて海に行っちまうんじゃないかと思ってね」

「そうしたいなって思った、一瞬《いっしゅん》ね」

フィンが素直《すなお》に言った。

「海の中は、自由で気持ちよかったもん。それに、ぼくが会ったイルカは、ぼくのこと、気に入ってくれたし。ぼく、ふつうの子にはきらわれてる。ずっときらわれてた。かわり者だって思われてるんだ」

「わたしはもっときらわれてるさ、村の人たちに」

父さんが答えた。

「でも、おまえとわたしは、わかりあえたじゃないか?」

父さんがフィンをじっと見つめた。その悲しみのこもった目に、フィンは気づかないいま、玄関《げんかん》に向かった。庭のはずれの門から崖《がけ》まで、雑草《ざっそう》がおいしげった原っぱがある。崖の下は、ここからは見えないが、岩だらけの小さい入り江《いえ》になっている。フィンは幸せな気分だった。これまで感じたことのない力も、みなぎってきた。

これまで見失っていたもうひとりのぼくに、出会ったような気がする。ぼくがどんな人間か、やっとわかった。海の妖精《ようせい》じゃないけれど、それに近い。海の子。そうだ、ぼくは海の子なんだ。フィンは笑顔になった。真実を知った今は、もうひとりの自分になれるかもしれない。たぶん、ふつうの陸の子にもなれそうだ。

フィンは、小道に舞《ま》いおりた二羽のスズメが、小さなくちばしで虫をつついているのを、見るともなく見つめていた。

「海にもどらなくちゃ」

フィンが言った。

「調べてくる、父さんの話が——ほんとうかどうか。知っておかなくちゃいけないよ」

海に行って、友だちのイルカくんにもう一度会いたいな。会えたら、そしてぼくのこと、まだ気に入ってくれていたら、もうひとりぼっちじゃないもの。

ミスター・マクフィーは、フィンの考えにはじめは反対したが、そのうち、しぶしぶうなずいた

「おまえはもう、ちっちゃな子ではないからな、フィン。いくら止めてもむだだろう」

フィンはとっさに父さんの腕《うで》をひっぱった。

「父さん、浜《はま》におりる崖《がけ》の道まで、ぼくといっしょに来て。父さんが、そこに立ってぼくを待っていてくれたら、心強いから」

ミスター・マクフィーは身ぶるいした。

「そうするか、フィン。でもなあ。正直なところ、おまえを見ていられるかどうかわからん。少し時間をくれないか？　明日になれば、今日起きたことに、なんとか折り合いをつけられるだろう。いずれにしても、今日はもうおそい。すぐに太陽がしずむぞ」

父さんはいすから立ちあがると、フィンの肩《かた》に両手を置いて、息子《むすこ》の顔をじっと見つめた。

「わたしは、ひどい父親だった」

しばらくして父さんが言った。

「このことが――この秘密《ひみつ》が――わたしの心をむしばんできた。そのせいで、やるべきこともせずにきた。母さんのことも、もっと前に話してやるべきだったが、知らずにいれば、おまえは安全だと思いこんでいたんだよ」

父さんは言葉を切って両手をおろし、にっこり笑った。フィンは、その顔を見て思った。父さんのこんな顔、はじめて見た。これがきっと父さんの昔の顔なんだ。

父さんは胸《むね》を張《は》り、目にかかったモジャモジャの長い髪《かみ》をはらった。

「これからは、いろいろ変わるぞ、フィン」

父さんの目までが笑っている。

「見ていてごらん」

フィンは父さんをじっと見た。父さん、顔が変わった。強そうになった。自信のある顔になったぞ。

「わかったよ、父さん」

これだけ言って口をつぐんだ。これ以上、何か言ったら、何もかもぶちこわしになりそうな気がした。

「さてと」

ミスター・マクフィーが、そそくさと小さいキッチンに向かった。

「夕食のしたくをしよう」

*

それは、フィンにとって黄金のような一夜になった。父さんがキッチンで夕食の準備《じゅんび》をしているあいだに、フィンはもう一度、こわれた門のそばまで行った。ちょうど、太陽が家の裏《うら》にしずむところで、きらめく光が陸と海を照らし、何もかもが光りかがやいている。あたたかい空気の中、崖《がけ》の上にさいている野の花のまわりを、ハチが飛びかっている。海鳥がはげしく鳴きかわす声や、ひな鳥に餌《えさ》を運ぼうと動きまわっている羽音が聞こえる。あの崖の下の岩棚《いわだな》に海鳥の巣があるのだ。

あの子は――ぼくの友だちは――あそこで何をしてるんだろう？　遊んでいるのかな、ぼくといっしょに泳いだときみたいに？　たぶん、おおぜいの友だちがいるんだろう。本物のイルカの友だちが。

そう思ったら、急にうらやましくなった。

太陽がもうすぐしずみそうだ。家の影《かげ》がどんどん長くなって、フィンが立っているところまでのびてきた。日に照らされた青い海と空が、少しずつ深い藍色《あいいろ》になっていく。イルカって、夜はどうしているんだろう？　眠《ねむ》るのかな、ぼくたちみたいに？

「もどってこい。食べよう！」

やっと父さんから声がかかった。

「用意ができたぞ！」

フィンは急に腹《はら》ペコだと気がつき、走って家にもどったが、ドアのところで足を止めた。びっくりして目がまん丸になった。フィンと父さんはふだん、テレビの前で、お皿をひざにのせて食べていた。ところが今夜は、散らかったテーブルがきちんと片《かた》づけられ、まともな夕食らしく、お皿がテーブルにならべられているのだ。父さんはソーセージをいため、フライドポテトも作ってくれていた。

「すごいね、父さん」

フィンはそう言いながら、すべるように席についた。

食べたり話したり、大いそがしの夕食だった。ソーセージの最後のひと切れを口に放りこみ、最後のポテトを食べようとしたときにはじめて、父さんは夕食のあいだ、ひとことも口をきかなかったことに気づいた。

ミスター・マクフィーは、フィンほどガツガツしていなかった。フィンが目を上げると、あのけわしく悲しそうな表情《ひょうじょう》は消えていたが、額《ひたい》にしわをよせて、むずかしい顔をしている。

「すごくおいしかったよ、父さん。ごちそうさま」

フィンは、父さんを元気づけようとした。

ミスター・マクフィーはうなずいたが、どこか上《うわ》の空《そら》だった。フィンは急に心配になった。、

「ぼくのこと、おこってないよね、父さん?」

父さんが驚《おどろ》いた顔をした。

「おこる? まさか。おこる理由なんてないじゃないか」

父さんがため息をついた。

「ただ、母さんがここにいてくれたら、どんなにいいだろうと思ってね。おまえがこれからやろうとしていることを、助けてやるにはどうすればいいのか。母さんのように、うまく導《みちび》いてもやれんし。海は危険《きけん》だらけだ。何年も漁師《りょうし》をやってきたから、海のことはわかっているんだ。おまえは、どこに行って何をするのか——ひとりで行くことになるだろう、フィン。それがこわくてね」

フィンは、ホッとして笑い声を立てた。

「でも、ぼくはひとりじゃないよ、父さん。助けてくれる友だちがいる。まず、その友だちを、見つけだす。見つかると思う。安心して、父さん。注意深くやるから。でも最後に

は、ぼく自身になってみせる。父さんの息子《むすこ》でもあるし、母さんの息子でもある、ぼく自身に」

フィンは急に、大きなあくびをした。つかれがどっと出て、骨《ほね》が溶《と》けてしまいそうだ。

父さんがようやく笑顔になった。

「早く寝《ね》るといい。たいへんな一日だっただろう？」

フィンは父さんに笑顔をかえしてから、せまくて急な階段《かいだん》をのぼって、屋根裏《やねうら》の小さな寝室《しんしつ》に入った。生まれてはじめて、気力に満ちた、幸せな気分になりながら。

「朝になったら会いに行くからね、イルカくん」

フィンはベッドにもぐりこみながら、小声で言った。そしてあっという間に、眠《ねむ》りについた。

5

次の日の朝、十時十五分、アミールとチャーリー、カイラ、ドギーが、灯台《とうだい》にやってきた。キッチンのテーブルをかこみ、ジャスが出したビスケットをつまみ食いしていた子どもたちが、いっせいに目を上げた。ジェイミソン教授《きょうじゅ》がドアから顔をのぞかせたのだ。

「やあ、みなさん」

教授がみんなを見ながら言った。

「ランチを食べに来たのかい？　みんなに行きわたるほどはないと思うが」

「いいのよ、父さん」

ジャスが言った。

「わたしたち、会議をしているだけだから」

ジェイミソン教授にとって、会議ならお手のもの。訪《たず》ねてくる同僚《どうりょう》と、しょっちゅう

会議をしているのだから。

「そうか、そうか」

そこで、ジェイミソン教授が言葉をにごした。

「メガネを見なかったかい、ジャス？　どこにもないのだが」

「ポケットの中よ。半分、見えてるもの」

ジャスが答えた。

「やれやれ、わたしとしたことが。あった、あった」

教授はメガネをひっぱりだして、鼻の上にかけた。

「では、仲よくやってくれ」

そう言うと、のんびりと部屋を出ていった。

「よし」

ジャスがきっぱりと言った。

「灯火室に行きましょう。ドギー、ビスケットを運んで」

ドーム型の灯火室は灯台のてっぺんにあるので、らせん階段《かいだん》をのぼっていかなければならない。のぼるにつれ、どんどんせまくなり、やがて鉄のはしごになった。そして鉄の上げぶたをおしあげてはいあがると、小さな円形の部屋に出た。

昔は、灯台《とうだい》の灯火はこの部屋にあった。最初はオイルで、そのうち電気で灯《ひ》をともした。レンズを昼も夜もまわして、海のかなたまで光を放ち、水夫たちが岩をさけて航行《こうこう》できるように合図を送っていた。けれども今は、ランプやレンズや水銀などを組みこんだ昔の装置《そうち》はない。灯火室は周囲がガラス張《ば》りの、丸くてがらんとした、ただの部屋になっている。

ここはジャスのお気に入りの場所だ。金属《きんぞく》のかたい床《ゆか》の上でも心地よく寝《ね》そべることができるように、クッションをたくさん持ちこんでいる。大好きな本や、ジャスが五歳《さい》のときに亡《な》くなったお母さんの写真や、秘密《ひみつ》の宝物《たからもの》の入った箱を、ここにしまっているのだ。

灯火室をとりかこんでいる大きなガラス窓《まど》からは、四方八方、何キロも先まで見わたせる。目の前の港の向こうは、ひろびろとした海だ。うしろの窓からはストロムヘッドの村が見え、その向こうには丘《おか》が連なり、両わきは浜と海岸ぞいの岸壁《がんぺき》。

ジャスは、この灯火室に来ると、高いところから世界を見おろす鳥になったような気分になれた。アミールとカイラも、ジャスといっしょに、よくここにのぼってくる。アミールは足を組んですわると、ひざにラップトップを置き、次から次にインターネットの検索《けんさく》をかけてすごす。カイラは絵を描《か》き、ジャスからクレヨンを借りて色をぬる。ジャスはガラス窓によりかかってすわり、本を読む。三人とも、ほとんど話をしない。友だちの横で、それぞれが好きなことをする雰囲気《ふんいき》が気に入っている。

　ジャスは、チャーリーを灯火室にさそうことは、あまりなかった。チャーリーは元気すぎて落ち着きがないので、せまいスペースには不向きなのだ。ここに来ても、ほんの数分、海を見つめると、目を細めて雲を見上げ、雲の形と水面の様子から天気を見さだめる。小さなヨットを出せば魚がたくさん釣《つ》れそうだと思うと、急な階段《かいだん》をかけおりて

いく。下に着くまで、長靴《ながぐつ》で金属《きんぞく》の踏《ふ》み板《いた》をガンガンける音がひびきわたる。

ドギーだけは、これまで灯火室《とうかしつ》に来たことがなかった。

「あんたはまだ小さすぎる」

カイラはドギーに、いつもきびしく言っていた。ジャスとアミールとの仲よしグループを大切にしていて、ドギーには割《わ》りこまれたくないのだ。

「年上のわたしたちは灯台仲間なの。あんたも、十歳《さい》になったら入れてあげるから」

そんな特別の場所にようやく行けることになったドギーは、期待が大きすぎるのか、カイラのうしろから、いつもとはちがっておとなしく階段《かいだん》をのぼっていく。小さな明るい部屋に入り、四方のガラス窓《まど》からすばらしい景色を見たとたん、ドギーはワッと言うように口を大きく開けた。それから、アミールとジャスにはさまれてきゅうくつそうにすわり、チェーンがついた南京錠《なんきんじょう》をいじくりはじめた。

全員が入ると、灯火室はいかにもせまい。ジャスは上げぶたを床《ゆか》にもどし、それぞれにクッションをわたした。長いこと、みんな口をつぐんだままだった。

「ここはいいとこだよね」

アミールがやっと口を開いた。

「自由な気分になれるもん。空を飛んでるみたいに。きみはラッキーだよ、ジャス」

「そうよね、ここはほんとにすばらしい」

とカイラ。

「もうちょっとかざったらどう？　わたし、紙の花かざりを持ってるの。それを天井《てんじょう》からつるしたら、ゴージャスになるわ、きっと」

「そんなの――そんなのぜったいおかしい」

チャーリーがおこった。

「ここは灯台だぞ、カイラ、バカもいいかげんに……」

チャーリーは、しまったという顔で、次の言葉を飲みこんだ。よい子になる、もう決してかんしゃくを起こさないと、ひそかに決心していたのに。

「そんなに、ガラスによりかからないでよ、アミール」

とカイラが心配そうに言った。

「ガラスが割れて、下に落ちたらどうするの？　こんなに高いのよ。体じゅうの骨《ほね》が折れちゃうし、ガラスの破片《はへん》で全身大けがよ」

「ばかなこと言わないの、カイラ」

ジャスがぴしゃりと言った。

「ここは安全そのものよ。パニック映画《えいが》じゃあるまいし」

「わかったわよ、でも……」

カイラが言いかけたちょうどそのとき、カモメがすぐ上の屋根にとまって足をこすりあわせたので、みんなそっちに気をとられた。

ドギーがアミールをこづいた。

「昔のように、灯台《とうだい》がまだ光ってたらいいのにね」

ドギーがアミールに小声で言った。

「どんなふうに光ってたんだろう」

「インターネットで写真を見せてやろう」

アミールがやさしく言った。

「たくさん種類があるんだぞ、灯台って。調べたんだ」

「ぼくも仲間になったんだよね？　灯台仲間になったんだ」

ドギーが、うれしそうな笑顔をアミールに送った。

ここで、ジャスが大きなせきばらいをして、会議の開始を告《つ》げた。

「ええと」

ジャスがはじめた。

「なぜ集まったか、みんな知ってるわよね。フィンのことをどうするか、決めないと。たとえば——そうねえ——もっとやさしくしようとかなんとか」

「わかってるけど。あの子ってちょっと、そのー、気味悪いよね」

アミールが言った。

「いい顔してるわよ」

カイラがフィンの顔を思いうかべるように、頭を一方にかたむけた。

「でも、いつもコソコソしてるっていうか、それがちょっと……」

「気味悪い」

アミールが続けると、ジャスが眉《まゆ》をひそめた。

「うん、そうだとしても、えーと、気味悪くても、あんまり、じゃけんにしないほうがいいわ、これまでみたいに」

「それにきのうは、フィンを死なせるとこだった」

カイラがつけ加《くわ》えた。

「みんなのせいじゃないさ」

チャーリーがくちびるをかみながら言った。

「あいつが海に落ちたのは、おれのせい。追っかけたのはおれ。何かにとりつかれてた。おれがかんしゃく起こすとどうなるか、みんな知ってるだろ」

その場がシーンと静まりかえった。

「フィンの家、見たことある？」

やがてカイラが言った。

「ひどいもんよ。どこもかしこもこわれてて、暗ーいの。あんな家に住むなんて、ごめんだわ。それにあのお父さんたら。村の人たちがなんて言ってるか、知ってるでしょ？」

またもやシーンとした。みんな、うわさを聞いている。

「はっきり言って、フィンて、ちょっとくさい。服もよれよれで、きたないし」

とアミール。

「つんつるてんなんだよね」

ドギーは自信をつけたのか、さっきより大きな声になった。

「フィンのせいじゃないわ」

ジャスが言いかえした。

「だれも、世話をしてくれる人がいないんだもの」

「たしかに、しつこく追っかけすぎたけど、みんなも、あいつが変わり者だってことはみとめるだろ。どこかがね。どっか……ちがうんだよな」

チャーリーが言った。

「そうだとしても、フィンに意地悪するのはよくないわよ」

とジャス。

「だって、みんな変わり者よ、考えてみれば」

「ぼくまでいっしょにしないで」

ドギーが腹《はら》を立てて言うと、

「おまえも変わり者さ。八歳《さい》だしな」

とチャーリー。

「八歳は変わり者じゃないもん！」

「十一歳になっても、変わり者よ」

とジャス。

「わたしを見てよ。わたしの母さんはアフリカ人。この村の人たちから見れば、これはすごく変わってるのよ」

「ぼくはパキスタン人だし」

アミールが言った。

「ジャスの言うとおりだな。おれは、ひどいかんしゃくもち」

チャーリーが続けた。

「それって、超《ちょう》変わり者。ただの変わり者じゃなくて」

「わたしは変わり者じゃないけど」

カイラは、ジャスが気を悪くするかな、と思いながら言った。

みんながカイラを見た。カイラはくちびるをかんだが、何も気にしてないフリをした。

「あのさ、あんたが変わり者だなんて、思ってやしないわよ！」

ジャスが笑いながら言った。

カイラは横を向いて、ガラスに映《うつ》っている自分の顔を見た。それから満足そうに正面を向いたが、すぐに、いやな考えがうかんだ。

「でも、わたしだけが変わり者じゃないんなら、みんなにとっては、わたしが変わり者ってことよね？」

「自分のことはいいからさ！」

チャーリーがいらだった。

「おれには、やらなくちゃなんないことがある。フィンを探《さが》しに行って、ごめんって言う」

「あやまるのは、おまえだけじゃないよ、チャーリー」

とアミール。

「あいつが海に落ちたとき、やーな気分になった。やっと気がついた、みんなであいつをいじめてたってことに。仲間はずれにしたり、無視《むし》したり……」

「わたしいま、恐《おそ》ろしいこと考えちゃった」

とカイラ。

「フィンが海からあがったかどうか、本当のとこはわかっちゃいないわよね。アミールが探しに行ったけど、見落としたかもしれない。だれも見てないわけでしょ。港の方に落ちて、大きな船の下に入っちゃったかも。船のプロペラに巻《ま》きこまれて、切りきざまれたとか」

ほかの子はゾッとして、口をあんぐりあけたままカイラを見た。今回ばかりは、カイラの心配が当たっているかもしれない。

「そんなこと、考えもしなかった」

ジャスが小声で言った。

「だれか大人に話せばよかった。たいへんなことになったとか、なんとか」

ちょうどそのとき、床《ゆか》の下で、ゴトッというにぶい音がした。

「なーに、あれ?」

ドギーがかん高い声で聞いた。

「出入り口のドアよ。だれかが閉《し》めた音よ」

とジャス。

「わたしたち、閉《と》じこめられたんだ!」

カイラが言った。

「もう外に出られない! ひと晩《ばん》じゅう、ここにいなくちゃ!」

「シーッ! よく聞いて!」

とジャスが言い、みんなは耳をそばだてた。階段《かいだん》で足音がする。急いでのぼってくる音が、灯火室《とうかしつ》にどんどん近づいてくる。

「フィンの幽霊《ゆうれい》」

カイラが金切り声をあげた。

「フィンのお化けよ！　わたしたち、ここから生きては出られないんだわ、永久《えいきゅう》に！」

6

その朝、フィンが目をさましたのは、ずいぶんおそくなってからだった。ベッドに寝《ね》そべって、ペンキのはげたいつもの天井《てんじょう》を見上げながら、今日の気分はいつもとちがう、どうしてだろう、と考えていた。すると、前の日に起きたことが、どっとよみがえってきた。

あんなことが、ほんとうに起きたなんて、ありっこない、と思った。みんな夢《ゆめ》だったのさ！　ぼくが、泳いだとか？　あんな海の中で――イルカと友だちになったって？　頭がおかしくなっちゃったんだ！

フィンは飛び起きて、服をつかむと、せまい階段《かいだん》を二段ずつ飛びおりて、居間《いま》に向かった。父さんはどこ？　窓《まど》のそばの、父さんがほとんど一日じゅうすわっているいすは、空《から》っぽだ。すると家の外から、何かを切っている音が聞こえてきた。

フィンは、玄関《げんかん》のドアをあけて外に飛びだした。

ミスター・マクフィーが、枯《か》れ木《き》をたたき切っている。去年の冬の強風でたおれた木が、ジャングルのような庭のすみに、転がったままになっていたのだ。玄関のドアが開いたのを聞きつけて、父さんが目を上げた。

「ようやく目がさめたか！」

大きな声で言った。

「一日じゅう、眠《ねむ》り続《つづ》けるのかと思ったよ。朝ごはんをすませたら――」

「あれって、ほんとうに起きたことなの、父さん？」

フィンがさえぎった。

「みんな夢だったとか？　ぼくはほんとうに……？」

「うん。ああ、ほんとうに起きたことだ。おまえは、ふしぎな力を持った子なんだよ。わたしも、その考えに慣《な》れようとしているところだ」

父さんが答えた。

「じゃあ、あそこに行ってもいいの、海に？　きのうは、行っていいって言ったよね。きのうは――」

「止めることはできんだろ？」

父さんが言った。

「だが、まず食べなくちゃな、フィン。できるだけ、エネルギーをたくわえておかんと」

フィンは、朝食をよくかまずに食べ、三十分後には急な坂道を、足もとに注意しながらくだって行った。断崖《だんがい》の上から、こぢんまりした浜《はま》におりていく道だ。フィンはあたりを、ふしぎそうに見まわした。生まれてからずっと、この小さな入り江《いえ》の上で暮《く》らしてきたのに、今朝《けさ》は、まるで外国に来たみたいに目新しく、すばらしい景色に見える。

小さな入り江は、だれにもじゃまされることのない場所だ。金色にかがやく細長い砂浜《すなはま》が、周囲の岩山のかげになっているのだ。砂浜をのぞき見ることができるのは、海岸近くを通る舟《ふね》だけだ。岸壁《がんぺき》には筋《すじ》のように見える小道があるが、雑草《ざっそう》におおわれているので、ここまでおりてくる人などほとんどいない。

フィンは浜を横切って、水ぎわに立ったが、おなかがしくしく痛《いた》くなり、心臓《しんぞう》がドキドキしはじめた。

何もかも夢《ゆめ》だったら、どうしよう？　夢ではないにしても、魔法《まほう》は一回しかきかないかもしれない！

　フィンは心配になって、海の中をのぞきこんだ。朝陽にやわらかく照らされた小さな波が、盛《も》りあがってはくずれて砂の上に広がる。こっちにおいで、と言われているような気がする。フィンは深呼吸《しんこきゅう》して、靴《くつ》をぬぎ捨《す》て、思い切って水の中に一歩ふみだした。そのまま立ち止まり、自分が変わるのを待った。強くて、喜びにあふれたあの気持ちがもどってきて、海に招《まね》かれるのを待った。

　何も起きない。水が冷たくて、手にも足にも鳥肌《とりはだ》が立った。水から飛びだして、安全な家までかけもどりたくなったが、ふとふりかえると、岸壁の上に人が立ち、こっちを見ている。父さんだ。

　父さんは、ぼくがうそをついていると思うかもしれない。作り話だと思うかも。意気地なしだと思われそう。

　フィンは深く息を吸《す》いこんで、何歩か歩いてから、ザブンと水に飛びこむと、足が自然に砂からはなれた。

　すると、やったー！　あのやさしく包みこまれる安心感がもどってきた！　前と同じように、海に手招《てまね》きされている気がする。ゆっくり泳いで前に進んだ。耳をすまして海の音を聞く。水の中にさしこむ朝陽が、動くもようを描《えが》いていて、とてもきれいだ。しばらくして、空気を吸《す》いに水面に上がると、くるりと体をまわして、あおむけにうかんだ。父さんが、まだあそこにいる。岸壁《がんぺき》の上に立っている。

フィンは手を上げてふり、父さんが向きを変えて家にもどっていくのを見つめた。すると自信がみなぎってきて、フィンはまた水の中にもぐった。そして、巣作りをしている海鳥のけたたましい鳴き声や、波が浜《はま》をとりかこむ岩に当たってくだけ散る、規則《きそく》正しい音からはなれていった。フィンは静かな深い海に早くたどりつきたかった。深くもぐれば、イルカの鳴き声を聞きとれるはず。イルカは、ぼくの兄弟や姉妹や友だちだもの。

どれほどの時間がかかったかはわからない。が、とうとう、かん高く美しい声を聞いた――これまで聞いたこともない最高の音楽だ。

でも、あれはなんだろう？　口笛のような音がザワザワしている。近づくにつれ、イルカの音楽は一頭のイルカではなく、おおぜいのイルカが奏《かな》でているのだとわかった。しかも、とりみだしているような音だ。恐怖《きょうふ》が入りまじってそうぞうしい。フィンは大急ぎで泳いでいたが、ペースを落とした。なんだか気おくれする。イルカのグループに会いに来たのではない。友だちを探《さが》しに来ただけだ。ほかのイルカにきらわれたらどうしよう？

陸でチャーリーにやられていたみたいに、みんなにどなられたり仲間はずれにされたら、どうしよう？　攻撃《こうげき》されるかも。

陸にもどるには、もうおそい。長い灰色《はいいろ》の形のものが、猛《もう》スピードでこっちに向かってくる。なつかしい音を立てながら。

だれだかすぐわかった。ぼくの友だち！　その子がもう、おしたりつついたりして、前に進めと言っている。その先に、たくさんの灰色の体が、はねたり回転したりしながら、うごめいているのが見える。すぐに、その集団《しゅうだん》のところまで泳ぎつき、引き入れられ、気づくと、もみくちゃにされながら群《む》れの真ん中で泳いでいた。ありがたいことに、だれもフィンには気づいていないようだ。みんな興奮《こうふん》して、ほかのことなど目に入らないのだ。ただ、その中の一頭が、よく来たね、というように、そっと鼻づらをおしつけてきた。だが、すぐにほかのイルカの方に泳ぎ去ってしまった。何頭いるのか、数えてみた。五頭？六頭？　七頭？　はげしく動きまわっているので、数えられない。

きっと、みんな、ぼくの家族なんだ！　心がおどる。あれは、ぼくの従兄《いとこ》かもしれない。おじさんか、おばさんかも！

そう思ったら自信がわいてきて、イルカからイルカへと触《ふ》れてまわり、自己《じこ》しょうかいした。みんなが歓迎《かんげい》してくれているのがわかる。やさしい。けれども、すぐにほかのことに気をとられてしまうようだ。みんながいきおいよくのぼっていく水面を見ると、光るものがプカプカういている。

フィンの頭の真上にも、何かがういている。丸くて、オレンジ色に光っている。

クラゲだ！　刺《さ》されないといいけど。ちがう――風船だ！

風船からは糸がたれ、そのはしに、小さな紙が結びつけられている。水をたっぷり吸《す》った紙が。

あっ、あれは、ドギーのパーティーで空に飛ばした風船だ。みんなで海に向かって飛ばした風船。

一頭のイルカが、フィンの横をすりぬけて、風船に食いつこうとした。最初はするりと逃《に》げられた。するとイルカはさっとあおむけになり、風船を口にくわえた。

あっ、クラゲとまちがえてる！　風船を食べちゃった！

一瞬《いっしゅん》、バカな子だな、と思った。すると、風船の糸がイルカの歯にからまっているのが見えた。イルカは糸からのがれようと体をくねらせたが、かえって糸がヒレにまでからみついてしまった。イルカは、苦しそうな鳴き声を出しはじめた。糸からのがれようとすればするほど、糸にしめつけられる。ヒレの根もとが切れそうだ。フィンは泳いでイルカに近づいた。フィンは、イルカのなだめ方を心得ているらしい。やさしくおしたりなでたりしている。糸をヒレからはずしたいのに、イルカがじっとしてくれない。フィンの動きにさからってあばれるので、糸がますますイルカの体に食いこむ。フィンが死に物ぐるいで挑戦《ちょうせん》したおかげで、ようやく糸をはずすことができた。ところがイルカは、またべつの風船に向かってまっしぐら。大きな黄色い風船をくわえようといどみかかる。フィンのまわりのイルカがみんな、風船を食べようと飛びついて

は、糸にからまれている。

どうやったらやめさせられるだろう？　フィンは、必死に考えた。夢中《むちゅう》で泳いで、見えている風船の糸という糸をつかんでいったが、イルカたちがしぶきをあげ、おしたりたたいたりして風船を食べようとするので、糸は二本を残して、手からはなれてしまった。

イルカたちを助けなくちゃ！　でも、ひとりじゃ無理！　手伝ってもらわないと！

フィンは水面に思い切り高く顔を出し、周囲を見まわした。遠くに陸が見える。港も見えた。波にもまれている舟《ふね》もたくさん見える。そのうしろには家々も。そして高いところには灯台《とうだい》が。町から断崖《だんがい》をのぼっていく長い小道を行けば、フィンの家だ。

父さん！　父さんを連れてくればいい！　だめだ——父さんだって、どうすればいいかわかんないよ。舟も持ってないし。

どうしたものかと、水をかき分けていると、いいことを思いついた。考えがまとまるより早く、フィンは港と、その向こうの浜《はま》を目ざして水を切って泳ぎはじめた。ジャスのお父さんを連れてくればいい。ジェイミソン教授《きょうじゅ》は、海洋生物学者だ。教授なら、海や海の生き物のことをなんでも知ってるはず。どうすればいいかもわかるだろう。

びっくりするほど早く、フィンは浜にあがった。ぬれた髪《かみ》が目にかかっているのをはらいのけ、はだしのまま、一目散に砂地《すなち》をかけぬけた。海の中とおなじように、陸でも強い力が出ますようにと願いながら。けれども、いつもの不器用でぎごちないフィンにもどってしまった。

浜のへりの砂山をよじのぼり、灯台に続くせまくて急な道をのぼりはじめた。もう少しで灯台に着くというとき、てっぺんの灯火室で何かが動いているのが見えた。

ジャスがいるんだろう。あれはアミールみたい。それからチャーリーと、それから……みんな集まっている。

ひとりぼっちの不安な気持ちがもどってくる前に、フィンは灯台の入り口にたどりついた。ベルを鳴らそうと手をのばしたとき、紙が画鋲《がびょう》でとめてあるのに気づいた。

〈十一時にもどります。配達の品は裏口《うらぐち》に置いてください。ジェイミソン教授〉

「まさか」

フィンが大声でさけんだ。

「家にいてくれなくちゃ！　助けてもらわないと！　何がなんでも！」

イルカが糸にからまって大けがをし、風船を食べようとしておぼれる姿《すがた》が目にうかび、フィンはだいたんになった。

「上まで行ってジャスに話してみよう。ジャスなら、どうすればいいか知ってるかも」

みんなに会う恐怖《きょうふ》、とりわけ、まだいかりくるっているかもしれないチャーリーと顔を合わせる恐怖を感じる間もなく、フィンはドアをおしあけ、背中《せなか》でドアがバタンと閉《し》まるなか、急な鉄の階段《かいだん》を、灯火室《とうかしつ》目ざしてのぼりはじめた。大きな足音を立てているのを気にもせず。

やっとのことで、てっぺんにたどりつくと、上げぶたを思い切りおしあげ、シャンパンのコルクがぬけるときのようないきおいで、ガラスの小部屋におどりでた。

「お願い！　助けに来て！」

フィンが言った。

フィンは自分でも驚《おどろ》いて、口をつぐんだ。ほかの人に、こんなふうに口をきいたことは一度もない。そんな勇気はなかった。今、みんなの表情《ひょうじょう》から、みんなも驚いているのがわかる。深呼吸《しんこきゅう》をする。海に入るとふしぎな力が出るんだ、なんてはじめるわけにはいかない。とにかく、なんとかして、イルカたちの糸をはずすのに手を貸《か》してもらえるように、説得しないと。

みんな、口をあんぐりあけて、フィンを見つめている。

フィンは表情をくもらせた。みんな、こわがってるみたい。何か、まずいことでもしちゃったとか？　それとも、前のぼくと顔つきがちがうとか？　こわい顔をしてるんだろうか？　ますます、いじめられるようになるんだろうか？

ジャスがいちばん先に、自分をとりもどした。

「フィン！」

小声で言った。

「ほんとうにフィンなの？　わたしたち、てっきり……」

「おれたち、おまえが死んじゃったかと思ってた」

チャーリーが、しぼりだすような声で言った。

「おれが、おまえを殺したんじゃないかって」

「死んでるの？」

ドギーが聞いた。

「幽霊《ゆうれい》とか？」

糸にからまっているイルカの姿《すがた》が目にうかび、フィンは、いても立ってもいられなくなった。

「何言ってるんだよ、死んでなんかいない」

フィンは口をとがらせて言ってから黙《だま》りこんだ。どうすればいいか、あせりまくってい
るのだが、急にまわりの空気に気づいた。

「死んでなんかいないよ」

さっきよりおだやかな口調で言った。

「ひどい目にあったけどさ。もう少しで、小型モーターボートに頭をぶつけるところだった。

もしぶつけてたら……」

「ぼく、探《さが》しに行ったんだよ、フィン」

アミールが心配そうに言った。

「水に飛びこんで、探しまくった。でも……姿《すがた》が見えなくて。でも、おぼれるはずはない
と思った、すっごくあさかったから。浜《はま》にあがったんじゃないかって」

「幽霊《ゆうれい》じゃないって、ほんとなの?」

ドギーは何だか残念そうだ。フィンはドギーにはとりあわず、話を続けた。

「今大事なのは、みんな、ぼくに借りがあるってことだよ——特にきみ、チャーリーは」

チャーリーは、のどの奥《おく》でゲッという声を出したが、悪かったというようにうなずいた。

「おれも、探しまわった」

チャーリーがぶっきらぼうに言った。

「岩のとこぜんぶ。ごめんねって言いたかったんだ、フィン。ほんとだよ」

「それからきみ、ドギー」

フィンが視線《しせん》をうつして、年下の子をにらんだ。

「きみのパーティーに、ぼくを招待《しょうたい》してくれなかった。招待の手紙をやぶり捨《す》てただろう」

「どうして知って——？」

ドギーが言いかけて、口をつぐんだ。顔を赤くしている。

「そういうことで」

フィンはドギーを無視《むし》した。

「借りをかえしてもらう。ぼくを助けなくちゃいけない。みんなに、どうしても助けてもらわなくちゃならないんだ」

五人の子どもたちは、ずっとフィンを見つめている。フィンから目をはなせなくなった。

この自信に満ちた迫力《はくりょく》のある子が、ずっとさけてきたあのフィンだなんて。

ジャスが、せきばらいをして言った。

「ほんと言うとね、よかった……ここに来てくれてうれしいの。もっとずっと前に灯火室《とうかしつ》に来てもらえばよかった。わたしたちみんな、これまでのこと悪かったって思ってる。それで、どうすればいいか考えようって、ここに集まってるの……悪かったって気持ちを、どうやって見せようかってね。わたしたち——あのう——わたしたちは、灯台仲間なの。フィンも仲間になってほしいな」

フィンはジャスの顔を見つめた。なんの話をしてるんだろう？　仲間？　よくわからない。でも、みんな悪かったと思っているらしい。ジャスの言葉は、あんまり思いがけなくて、すぐには信じられない。でも、それで話のきっかけをつかむことができた。

「悪かったって気持ちを見せるには、どうすればいいか教えてあげる」

フィンが言った。

「今すぐ、みんなにやってほしいことがあるんだ。でも、ぼくのためじゃないよ、イルカのために」

「なんのためですって？」

カイラが言った。

「イルカ?」

アミールが言った。

「どうしてイルカなの?」

とドギー。

「ぼくの新しい自転車に乗せてってていうほうがいいんじゃない?」

「何週間も入り江《いえ》にいるイルカの群《む》れのこと?」

チャーリーが聞いた。

「父ちゃんが話してた。すごく高くジャンプするんだって。あちこちではねるところは、まるで――」

「そのイルカたちだよ、そう。最高にきれいで、そのうちの一頭なんか……」

フィンは気づいて口をつぐんだ。そんなことを説明している時間はない。それに、みんなに話したいのかどうかもわからない。

「そのイルカたちが、こまったことになってるんだ。海に行って、ぼくといっしょに解決《かいけつ》してほしい。イルカたち、死にそうなんだ、もし――」

「どんなふうにこまってるのよ、フィン？」

ジャスが言った。顔をくもらせている。

「そんなこと、どうして知ってるの？」

「それは気にしなくていい」

フィンがピシャリと言った。

「風船だよ。ドギーのパーティーで飛ばした風船。海に落ちたんだ。イルカたち、クラゲとまちがえて食べようとするんだ。そうすると、糸がヒレに巻《ま》きついて、けがしちゃう。かわいそすぎる！　ねえ、グズグズしないでよ！　助けに行ってよ！」

声を出す子はいない。びっくりして、フィンの顔を見つめている。アミールがせきばらいをした。

「プラスチックの袋《ふくろ》やペットボトルが、海の生き物の体に詰《つ》まっちゃうって話は読んだことがある。でも、風船というのは、ちょっとおかしい。プラスチックじゃないだろ？　ゴムでできてるんだと思うよ」

「おかしくなんかない！　今の今、そういうことが起きてるんだよ。お願い、手を貸《か》してよ！」

フィンは、いら立って、こぶしをふりまわした。

「それにしても、どうしてそんなこと知ってるわけ？　イルカが何をしてるかなんて？」

ジャスが聞いた。

「だれかに聞いたの？　舟《ふね》がなくちゃ、港に出ていけないわよね」

「フィン、変わったね。ちがう人みたい」

ドギーが言うと、

「成長したとか？　背《せ》が高くなったような」

とチャーリー。

「どうやって、かくれてたのよ？　みんなで、そこらじゅう探《さが》したのに」

カイラが聞いた。

「説明してる時間はないんだ！」

フィンがまた言った。

「あとで何もかも話すから。今すぐ行かないと。あのクソ風船をみんな回収《かいしゅう》しないと」

「クソ風船じゃないもん。あれはぼくの……」

ドギーは口をつぐんだ。フィンの前でバースデイ・パーティーのことを話すのはまずい、と気づいたのだ。

「おれたちにできることなんて、ないよ」

チャーリーが言った。

「バカげてるもん。イルカが風船を食べてるって話はうそだとか、そんなことは言ってないよ。でもね、海に行っても風船は見つからない。海はものすごく広いんだから」

「とにかくボートがいるわ」

とジャス。

「それは問題ない」

メガネの奥《おく》からじっとフィンを見つめていたアミールは、フィンに野生動物が乗りうつっているように見えて目がはなせなかった。

「ボートなら、チャーリーが持ってるから」

チャーリーが胸《むね》を張《は》った。ジャニーネ号に乗せる新しい小型ボートを買ったお父さんから、古いのをゆずってもらったのだ。そのペギー・スー号は、チャーリーのじまんのヨット。父さんから、こぎ方や帆《ほ》の張り方を教えてもらい、海がおだやかな日は、ひとりで海に出るのをゆるしてもらった。ライフジャケットを身につけることと、アミールにいっしよに乗ってもらうことを条件《じょうけん》に。

「どこにあるの？」

フィンがあせって言った。チャーリーがヨットを持ってることを、すっかり忘《わす》れていた。

「何が？」

「きみのヨットだよ！」

「浜《はま》にひっぱりあげてるけど。ああ、そういうことね……」

「うん、そういうこと」

フィンが、元気いっぱいにうなずいた。

「ヨットを出すの、手伝うよ」

「でも、どうかな」

チャーリーはためらった。

「おまえは、ヨットのこと知らないだろ。悪いけどさ、そういうこと苦手だよね、フィン。わかってると思うけど。とにかく、さっき言ったように、風船は見つかりっこない。海は広すぎるもん」

フィンが一歩、前に出た。灯火室《とうかしつ》はせまいので、カイラがひざをひっこめた。フィンが、チャーリーの顔に指をつきつけた。

「借りをかえすときだって、言っただろ？　ぼくはきみに殺されそうになった。こわい目にあったんだぞ」

フィンは自分がしていることが信じられなかった。チャーリーに立ち向かうなんて、これまで一度もなかった。チャーリーが、フィンの指からのがれるようにあとずさりした。おびえた顔で、はずかしそうに首をすぼめながら。

「わかってる。さっきもあやまった。やりすぎた。風船とかそんな話、ぜんぶ信じてるわけじゃないけど、ヨットを出してほしいなら、出してやるよ。おまえが言うように、借りがあるもん。ペギー・スー号のこと気に入るぞ、フィン。立派《りっぱ》な小型――」

「よし、じゃあ急げ」

フィンはこう言いながら、もう階段《かいだん》に向かっている。

「行こう」

「ちょっと待て」

チャーリーがのそのそと立ちあがった。

「すぐヨットに飛び乗って出発、ってわけにはいかないよ。オールや帆《ほ》やライフジャケットとか、とってこないと」

「それって、どこにある?」

フィンが聞いた。

「港の小屋の中。ジャニーネ号がとまってるとこのそば」

チャーリーの顔から笑顔が消えた。

「でもな、ヨットは勝手には出せないんだ、許可《きょか》をもらわないと、あの……」

言葉をさがしてから言った。

「責任《せきにん》をとれる大人から」

「きみのお父さんは、ロブスターの漁《りょう》に出てるんだよね」

フィンが言った。

「帰ってくるまで待ってはいられない。何時間もかかっちゃう」

「わたしが行くわ」

ジャスが言った。

「船に乗るの、好きなのよ。ほらほら、フィン。わたしとあんたが、チャーリーといっしょに行けばいい。乗組員はこれで決まり」

「ぼくを置いてくなって」

アミールが声を張《は》りあげた。

「ぼくはチャーリーと、もう何度も舟《ふね》に乗ってるんだ。それに水難《すいなん》救助だってできる」

「責任《せきにん》をとれる大人のことなら、心配しなくてもいい」

ジャスが言った。

「うちの父さんに聞くわ。大人だもん。ボートとかヨットとか、なんにも知らない人だけど、さりげなく聞けば、たいしたことじゃないって思うわよ。ちゃんと聞きもしないはず。カサ貝についての論文《ろんぶん》書きで大いそがしだから」

「きみのお父さん、いないよ」

とフィン。

「入り口にメモがあった。それを見たから、ぼく、ここにあがってきたんだ」

「あら、父さんならちゃんといるわよ。じゃまされたくないときに、いつもそうするの」

ドギーがさっきから、クッションの上でソワソワしている。

「ぼくも行きたいな、フィン。でも行けない」

とドギー。

「夕食におくれると、ママがかんしゃく起こすんだよね。不公平ったらありゃしない。カイラはいつもおでかけしてるのに、ぼくはダメって言われる」

カイラが首をふった。

「頭おかしいわよ、みんな。チャーリーとちっちゃな舟で海に出るっていうの？　嵐《あらし》になったらどうするの？　シャチがいたら？　シャチは、浜《はま》の近くまで来ることもあるのよ。父さんが見たって。みんな海に放りだされて、それから……」

カイラは、だれも聞いていないのに気づいた。

「とにかく、わたしは行かない。危険《きけん》すぎるもの」

カイラは弱々しく話を終えた。

「かえって好都合だわ」

ジャスが歯切れよく言った。

「本部として、ここにいてほしい。携帯《けいたい》は持ってるわね？」

カイラがうなずいた。

「よし。じゃあここで待ってて。何かまずいことが起きたら、SOS《エスオーエス》を送るからね。わたしの父さんに知らせてもいいし、でなければ――」

「でなければ、だれか責任《せきにん》をとれる大人に」

とアミール。

チャーリーはさっきから、ガラスの壁《かべ》に顔をおしつけるようにして、海の方を見ている。

「まずいことが起きるって、どういう意味だよ？　おれ、優秀《ゆうしゅう》な船乗りなんだぜ。信用してもらわないと。それにさっきも言ったけど、ヨットを出すにはうってつけの天気だ」

チャーリーが言った。

「でも、イルカは見つからないよ。探《さが》してるときには、見つけられないもんさ」

「だから、そのことなら、ぼくに任《まか》せてよ」

フィンはイライラして、さっきから体をゆすっている。

「さあ、行こう！　それから、ジャス、ハサミをいくつか持ってきて。糸を切るのにいるから」

「糸って、何？」

とジャス。

「風船の糸がイルカにからまってるんだよ！　さっきも言っただろ！」

フィンは、ほとんどさけんでいた。

「ああ、わかった、もちろん——その糸ね」

ジャスがなだめるように言ったので、フィンは、ぼくに調子を合わせてるだけなんだ、と思った。信じてくれようがくれまいが、かまやしない。チャーリーが海に連れていってくれればそれでいい。今に見てろ！

ペギー・スー号を出す準備《じゅんび》が整うまでの時間が、フィンにはとてつもなく長く感じられた。フィンはチャーリーとアミールといっしょに、ヨットの装備《そうび》をとりに港にかけていった。ドギーはつまらなそうに家に向かい、ジャスはお父さんのところに行き、カイラはひとり灯火室《とうかしつ》で、クッションをたくさん積みあげた上にすわり、絵の仕上げにかかった。

「父さん」

ジャスが、父さんの書斎《しょさい》のドアから顔だけ中に入れて言った。

「チャーリーとアミールといっしょに、ちょっと舟《ふね》に乗ってくる」

父さんは、こんなふうに言うだろうと思っていた。

「はあ？　なんだって？　さあ、これを見てくれ！　すばらしいことがわかったんだよ」

ところがジェイミソン教授《きょうじゅ》は、いつものように鼻にちょいとかけたメガネの上から、するどい視線《しせん》を投げてよこした。

「舟《ふね》に乗るだと？　チャーリー・マンローと？　風の状態《じょうたい》はいいのか？　おやじさんもいっしょに乗るのかい？」

ジャスは、幸運をいのって指を十字の形にしていた手を、ポケットに入れてかくした。

「来ない。でもチャーリーがつぎつぎと検定試験《けんていしけん》にパスしてね、それでミスター・マンローから、ひとりで海に出ていいっておゆるしが出たの。わたしは携帯《けいたい》を持ってるし、アミールも来るし、ライフジャケットも着るし、それに――」

「なるほど、沖《おき》に出るんじゃないよ」

ジェイミソン教授《きょうじゅ》が言った。

「あとで浜《はま》までおりて、見ててやるよ」

ジャスはそっとドアを閉《し》め、ホッと大きく息をはき、みんなに合流するために港に向かって走った。

フィンは、ジャスは来るだろうかと気にしていた。だれかに止められるのではないか、チャーリーが心変わりするのではないかと心配でたまらない。

「ほら、これを持て」

チャーリーが、ひとまとめにしたライフジャケットをドサッとフィンにわたした。

「ジャス、オールを持ってきて。おれとアミールは、マストと帆《ほ》をとってくるから」

数分後には、浜にみんなそろって、チャーリーがたんねんにペギー・スー号の準備《じゅんび》をするのを見守っていた。マストを立て、ロープをほぐす。フィンは、チャーリーをせきたてたいのをがまんした。今チャーリーをいら立たせるわけにはいかない。

ところが、ほかの子たちといっしょに、ヨットをおして浜から海に出しているときに、フィンはべつのことが心配になった。海で何が起きたかを、みんなに話しておかなければならないが、いったいどう切りだせばいいんだろう。

フィンは、帆が風をはらみ、ヨットが浜からじゅうぶんにはなれるまで、話すのをぐずぐずと先のばしにしていた。ストロムヘッドの小さな町。年月を経《へ》た石造《いしづく》りの防波堤《ぼうはてい》、白《しら》壁《かべ》にグレーのスレート屋根の家並《いえなみ》、白い指を空につき立てたような灯台《とうだい》。風におされて、さざ波の立つ海を走るにつれ、町がどんどん小さくなっていく。

「これで満足した、フィン？」

とチャーリーが聞いた。それから船長らしく、ぶっきらぼうに、大声で言った。

「ジャス、こっちに来い。右舷《うげん》にかたむいちゃうぞ。アミール、帆をゆるめて風を受けろ。その調子。フィン――ところで、どこに向かえばいい？」

フィンがゴクリとつばを飲んだ。

「あのね」

覚悟《かくご》を決めて話しはじめた。

「説明するのは、むずかしいんだけど、言うね。宿題の詩をもらっただろ？　イルカの妖《よう》精《せい》の詩だけど？」

チャーリーが不満そうにのどを鳴らした。

「そんなの、読んでない。詩なんてクソくらえさ」

「わたしは読んだわ。いい詩よ」

ジャスが言った。

「漁師《りょうし》がひとり浜辺《はまべ》にすわり……きれいな詩よね」

フィンは、ありがとうね、という顔でジャスを見た。

「そいで、つまり、その詩は本当のことなんだ。詩はぼくの――ぼくの母さんと――ぼくのことで、その人は、妖精だったんだ。ぼくの母さん、ってことだけど。そいで、ぼくは……そのう、バカな話って思うかもしんないけど……ぼくって、ふしぎな力を持った子なんだ。海に落ちたとき、パワーみたいなのが、わいてきてね。泳げたんだ、すっごく早く。

水の中の音も、はっきり聞こえたし——えーと——イルカの言葉もわかったんだ。イルカになったような気がしちゃった」

　チャーリーが、まさかというように、うなった。アミールがせせら笑った。

「そんなこと、科学的にありえないよ、フィン。本気で話してるわけじゃないよね？　ぼくたち、そんなアホじゃないから」

「アホじゃないことは、わかってるよ」

とフィン。

「おかしな話に聞こえることもわかってる。でも、ほんとのことなんだ。ぼくが港で海に落ちたとき、どこに消えたんだろって、ふしぎだったでしょ？」

「うん、まあ」

ジャスが、ゆっくり言った。むずかしい顔でフィンを見て、話を理解《りかい》しようとしている。

「引《ひ》き潮《しお》だったから、水の中を歩いて、防波堤《ぼうはてい》の縁《ふち》をまわって、浜《はま》にあがったんじゃないかって思ったわ」

「ちがうんだ。ぼくは――ぼくは変身して、泳いで沖《おき》に行ったんだ。あのイルカに会って、そのイルカが仲間のところに連れてってくれたんだ」

「アミール！　ブームをゆるめろ！　港に向かってるぞ！」

チャーリーがてきぱきと言った。

「フィン、バカなおとぎ話はやめてくれ。いったいどこに行けばいい？」

「ぼくが教えるから。イルカの鳴き声が聞こえるはず。そしたら、イルカのところに案内するよ。ついてくればいい」

そう言うとフィンは、きもをつぶして驚《おどろ》いているみんなの前で、ヨットのはしから身をひるがえした。

「フィン！　やめて！」

ジャスがさけんだ。

「アミール、フィンのあとを追って！　フィンがおぼれちゃう！」

「おぼれないって」

アミールが、上ずった声で言った。

「見ろ」

三人の子どもたちは、ヨットの一方のはしによって、緑色の水をのぞきこんだ。のぞいた先に見えたのは、魚のようにすばやく泳ぎ去る、フィンのおぼろげな姿《すがた》だった。

「あの子、どうしちゃったの?」

ジャスが息をはずませている。

「まるで……オリンピック選手みたいだ」

とアミール。

かじをとるのにいそがしいチャーリーは、不満げな声を出した。

「何をバカなこと言ってんだよ?」

「見てごらんよ、チャーリー」

とジャス。チャーリーもヨットのはしから水の中を見た。

「何も見えないね。消えちゃった。たしか、泳げるとか言ってたよね?」

「泳げる。遠くまで行っちゃった。もう見えない」

とアミール。

「あ、見ろ——もどってきたぞ」

フィンの顔が水面にあらわれた。

「何グズグズしてるんだよ？」

おこった声だ。フィンはいら立って、水面をピシャピシャたたいた。

「何やってんだよ！　もっと沖《おき》に出なくちゃ。ついてきて！」

フィンはいきおいよくもぐると、水の中をつき進んでいく。銀色の線になったフィンの体が、海の緑にそまっていく。

しばらくのあいだ、ヨットの子どもたちは、だれひとり動かなかった。やがてチャーリーが言った。

「どうなっちゃったんだか。風向きが変わったぞ。うしろから吹《ふ》いてる。フィンを追いかけたほうがいい」

7

フィンは水の中に飛びこんだものの、思ったより深くもぐってしまった。失敗だ、ダメかもしれないと、あわてた。その時間の長かったこと。けれどもすぐに、変化がやってきた。海にやさしく包まれた、あのうっとりする気分や、海の中のすばらしい光景と音が、もどってきたのだ。

沖の方で、友だちになったイルカたちが苦しそうな鳴き声をあげているのも聞きとれる。なんとしても、あのイルカたちのところに行かなければ。

うかびあがってうしろを見て安心した。ペギー・スー号が、舳先《へさき》で水をあわだてながら、ついてきている。もっとゆっくり泳がなくちゃ。風がほとんど吹いていないので、ヨットはフィンが泳ぐ速度の半分も出せないのだ。それなのに前の方からは、イルカたちの、あせりまくった呼《よ》び声《ごえ》がずっと聞こえている。

ずいぶん泳いだころ、ジャスの興奮《こうふん》したさけび声がしたので、フィンは水面に顔を出した。

「見て！　あそこ！　風船が！」

「まさか」

チャーリーの声だ。

「夢《ゆめ》見てるとか？」

「こんなことって……まさかまさかだよな。鳥肌《とりはだ》が立つよ」

アミールが言った。

フィンは、しまったと思った。ペギー・スー号が目の前にあらわれたら、イルカたちはパニックになるかもしれない。フィンはためしに口笛を何回か吹《ふ》いてみた。こんな音でいいのか自信がなかったが、ホッとしたことに、最初に友だちになったイルカが返事をしたのが聞こえた。

すると突然《とつぜん》、フィンはイルカたちにかこまれた。群《む》れの真ん中にいるではないか。ヒレに糸をからませた若《わか》い雌《めす》イルカが、弱々しく身をよじって苦しんでいる。つかれきっていて、もがく力もほとんどないのがわかる。水面にうかんでいる風船の数は、ずっと少なくなっている。飲みこんだ風船の糸を、口からたらしているイルカもいて、そういうイルカは、もう手のほどこしようがない。まだしずんでいない風船で遊んでいるイルカが二頭いて、口の先でつついては、風船を飛ばしている。

フィンはうしろ向きになって、ペギー・スー号を見た。もう、イルカたちから数メートルのところまで来ている。

「ゆっくりゆっくり」

フィンが大きな声でチャーリーに言った。

「イルカたちをびっくりさせないで」

カラカラ、ギー、という音がした。アミールが三角の帆《ほ》の向きを変えて、風をのがしたのだ。ペギー・スー号は静かに止まった。

フィンは、大急ぎでイルカの群れの中にもどった。最初に友だちになったイルカくんが近づいてきて、コツンとあいさつをした。フィンはヒュッと短く返事をしてから、まっすぐに、糸がからまった雌イルカのところに行った。いっしょに泳ぎながら、雌イルカのわき腹《ばら》をなでた。友だちだと思い出してくれますようにと思いながら、ヒュッと合図を送った。それから、ゆっくりとした動きで、雌イルカをヨットの方におしていった。

雌《めす》イルカはとても弱っていて、ほとんど泳げないが、なんとか水面にうかびあがって息をした。雌イルカはフィンにおされるまま、ヨットのすぐわきまで来た。

ジャスは注意深くフィンを見ている。雌イルカの様子に気づいたジャスが、ハッと息を飲んだのがフィンにもわかった。

「アミール！　これを見て！」

ジャスが大声で言った。

「信じらんない！　フィンの話はほんとうだった！」

アミールの声がフィンにも聞こえた。

「つかまえてみるから、ハサミで糸を切って」

フィンがヨットの上のふたりに言った。

ジャスが体重を移動《いどう》させて座席《ざせき》の下からバッグをひっぱりだしたので、ヨットがゆれた。

ジャスがハサミをとりだした。アミールといっしょに、ヨットのふちにおおいかぶさるようにしながら、糸でぐるぐる巻《ま》きになったイルカに手をのばした。

「アミール！」

チャーリーがどなった。

「そんなに乗りだすな。転覆《てんぷく》するぞ。何やってんの、ジャス？」

「無理……とどかない」

ジャスが荒《あら》い息をしながら、ハサミを持った手を目いっぱいのばしている。

「じっとしてないんだもの。ハサミでイルカを傷《きず》つけそう」

「ちょっと待った。持ちあげてみる」

と言って、フィンは深くもぐり、若《わか》いイルカをかかえて、体半分が水から出るまで持ちあげた。自分もしずまないようにふんばりながら。

「それでいい。もう少し！　よし、一か所切った。もうちょっとかたむけて、フィン。そう――できた！　これでヒレが動かせる。ちょっと待って。口にも糸が巻きついてる」

口のまわりの糸を切るのは、さらにむずかしい。フィンが口笛を吹《ふ》いたり、ささやきかけたりしながら、できるだけやさしくなでてやったが、雌イルカは身をくねらせて逃《に》げようとする。その動きをジャスが追うので、ヨットが危険《きけん》なほどかたむいた。

「手伝ってよ、チャーリー」

ジャスが言った。

「ふたりがかりでやらないと」

「言っただろ、ふたりで乗りだしたらダメだって。ひっくりかえるよ、ヨットが」

「ぼくが反対側に体重をかければいい」

とアミール。

「ヨットレースでやってるみたいに」

「そんなあぶないこと、やめろよ」

チャーリーが言いかえす。

「これ、おれのヨットなんだぜ。おれが船長。おれが――」

「静かにして、チャーリー。ほら、見て。見えない？」

ジャスがどなった。

「緊急事態《きんきゅうじたい》なのよ。この、かわいそうな子が死んでも、あんたはかまわないの?」

アミールとチャーリーが動いたので、ヨットがはげしくゆれた。チャーリーがジャスの横から顔を出した。

「こりゃ、ひどい」

チャーリーが、身ぶるいしながら言った。

「かわいそうに。ほら、ジャス、ハサミをよこしな。おれのほうが、イルカの頭に近い。少しこっちにまわして、フィン。ヒレをつかんで、じっとさせられる? ちょっと歌でも歌ってやったら? きみの歌なら、イルカに聞こえるんだろ? イルカを落ち着かせてやったら?」

「あれは、イルカの歌だからな」

アミールがヨットの反対側から声をかけた。あんまり身を乗りだしているので、今にも海に落ちそうだ。

海のパワーをもらったフィンが力をふりしぼっても、大あばれして逃《に》げようとするヌルのイルカを、腕《うで》の中にかかえているのがやっとだ。

「早く、チャーリー。これ以上、だいてらんない」

「もうすぐだ」

チャーリーは、イルカの頭の正面から、ハサミを使って糸を切った。

「ほら。これでいい」

ジャスとチャーリーが、満面に笑みをうかべて見守るなか、雌《めす》イルカは身をくねらせ、頭をゆらし、口が開くかどうかパクパクと試してから、ヒレで水面をたたき、背中《せなか》をグッと弓なりにまるめて泳ぎ去った。

「ハイタッチ！」

チャーリーが大きな声で言いながら、ジャスの高く上げた手の平をたたいた。

「水難《すいなん》救助だ！　うまくいった」

「ほら、気をつけろ！」

アミールがさけんだ。チャーリーとジャスが水面に乗りだすのをやめたので、ヨットが大きくかたむいている。

「動くときは言ってくれよ。落っこちるところだった」

「フィンは何してるのかしら？」

ジャスが言った。

「あら、わたしたちが切った糸を集めてる。こっちに持ってくる気だわ！」

あったりまえだろ、わかんないヤツだな、とフィンは思ったが、何も言わなかった。ほうっておけないよ。これを海の中に残していったら、またべつのイルカにからまっちゃうだろ？

フィンはヨットまで泳いでもどり、ジャスに、糸とまだ残っている風船をわたした。ジャスが、かがみこんで受けとった。

「ほかには見あたらないんだけど。そこから見える？」

「見えないけど、風船はもっとたくさん飛ばしたわ」

「そっかあ」

フィンがけわしい顔になった。

「残りは、ほかのイルカが食べちゃっただろうな。あっ、あそこにふたつ、ういてる」

フィンがまたいきおいよく泳ぎ去った。ペギー・スー号が走るのをやめてただよっているので、イルカも少しはなれたところに集まっている。フィンは最後のふたつの風船をつかんでヨットにもどってくると、チャーリーとアミールにわたした。フィンの変わりようを見たふたりの少年の目が、心底おどろいたと言っているのが、フィンにもわかった。

「こんなことも起きるんだね」

アミールがメガネをはずし、海水でくもったレンズをふきながら言った。

「夢《ゆめ》の世界にいるみたいだ」

「こんな話、だれも信じないわ。わたしたち、頭が変になったって思われちゃうもの」

ジャスが言うと、

「じゃあ、言わなきゃいいじゃん」

チャーリーが言いかえした。

「いったいなんて言うつもり？　フィンは泳ぎの天才ですが、ぼくたち知りませんでした、とか？　それをずっと秘密《ひみつ》にしてました？　フィンはそういう子なんです、なんて。あのイルカの妖精《ようせい》がどうのこうのって話、やっぱナンセンスだよ」

「でも、あんなに泳げる子はいないよ」

とアミール。

「それに、風船のこととか、イルカの居場所《いばしょ》とか、どうして知ってたんだろう？」

「モーターボートがこのへんをうろうろしてるから、その乗組員から聞いたのさ」

「モーターボートだって？　それに、いつからフィンは乗組員と話なんかするようになったのさ？」

チャーリーは返事をしなかった。現実主義者《げんじつしゅぎしゃ》のチャーリーは、ふしぎなことが起きたなどという考えは、どうしても受け入れられないのだ。

「カイラとドギーに話さなくちゃ」

ジャスが言った。

「ドギーに、秘密なんか守れるもんか」

チャーリーが小ばかにして言った。

「すぐ、泣きながらママに打ち明けちゃうぜ」

「そうだな。あのママの言いぐさが聞こえるようだな」

とアミールも言った。

「『なんてすてきなお話でしょう、ドギーちゃん。お魚のように泳げる子のお話。あんたって、ほんとにかわいい。すてきな想像力《そうぞうりょく》があるのねえ。こっちに来て、ママにキスしてちょーだい』」

「ヘイ、見ろ！」

チャーリーがさえぎった。

「フィンがこまってるぞ。イルカが一頭、フィンを攻撃《こうげき》してる！」

その声はフィンの耳にもとどいた。

「ちがうよ、バカ」

フィンが大声で言った。

「こいつは、友だちだってば。ぼくが最初に会ったヤツ。見てな」

フィンは友だちの横に行き、ズズーッという音を出した。するとズズーッという返事。

それから、前にもやったように、ならんでもぐったかと思うとはねあがり、完璧《かんぺき》に息のあった、みごとな跳躍《ちょうやく》を見せた。

「ワーオ！　すごーい！」

子どもたちの感嘆《かんたん》の声がフィンにもとどいた。フィンと友だちは、すぐにもぐっては、またはね、ヨットのまわりをまわりながら、イルカと海の子の、息の合ったすばらしい曲芸を披露《ひろう》した。

やがて、友だちのイルカが不意にはなれ、猛《もう》スピードで仲間の群《む》れを追って泳ぎ去った。フィンもあとを追いかけようとした。イルカたちが遠くのほうから、おいでと合図を送ってくるし、深い海で友だちと自由を満喫《まんきつ》したくて、体がひっぱられるような気がした。

するとと、ジャスが声をかけてきた。

「フィン！　みごとだったわね。あんたってすばらしい！」

そしてアミールも。

「あれ、ぼくにも教えてよ、フィン――あのはねあがるヤツ」

そこへ、チャーリーの、心配そうな高い声がした。

「帆《ほ》を巻《ま》き上《あ》げろ、アミール！　風が出てきたぞ。沖《おき》に持っていかれる。岸にもどれなくなるぞ」

フィンは頭を水の中に入れて、もう一度、イルカたちの出発の鳴き声をうらやましそうに聞いた。そして水から顔を出して声をかけた。

「心配するな、チャーリー。ロープをよこせ。ぼくがひっぱってやる」

「あの曲芸、たしかに見たよ」

チャーリーが目を丸くしながら、船首のロープを海の中のフィンに投げた。フィンはうまくロープを受けとると、胸《むね》のまわりに結びつけた。

「きみの考えは正しいよ、ジャス――こんなこと、だれにも言えない。気がくるったかと思われちゃうもん。フィンが自分のことをどう思ってるかわからないけど、たしかにイルカみたいに泳いでた。さあ、出発だ、フィン。風が強くなってきたぞ」

＊

フィンも、ペギー・スー号の三人も、浜《はま》の小さな人影《ひとかげ》には気づいていなかった。浜に集まっている大人たちは、小さなヨットがいきおいよく岸に向かってくるのを、心配そうに見つめている。

ミセス・ファリダーは、不満げに両手をもみあわせている。

「許可《きょか》したなんて無茶ですよ、教授《きょうじゅ》。子どもたちだけで、こんなふうに海に出すなんて。危険《きけん》すぎますよ」

「うーむ、まあね。だが、ジャスはふだんから信用できるヤツでしてね」

ジェイミソン教授が不機嫌《ふきげん》そうに言った。

「子どもは、信用してやらんと」

ミスター・マンローは、ずっと海を見つめている。くちびるをかんで、小さなヨットに目をこらしながら、チラチラと空を見上げる。水平線からモクモクと紫色《むらさきいろ》の雲がわいているのだ。でも、ペギー・スー号が船足も早く浜に近づいてくるにつれ、表情《ひょうじょう》が明るくなり、そのうち、笑顔が顔いっぱいに広がった。

「あれを見てくださいよ！　追い風でも、コースをはずれずに走ってるじゃないですか？　見たこともないほど、見事な帆走《はんそう》だ。心配はいりませんよ、ファリダー先生。子どもたちを海に出した教授の判断《はんだん》は、正しい。チャーリーは小さいながら、なかなかやりますなあ。よくできた息子《むすこ》ですよ」

8

ジャスとチャーリーとアミールは、集まっている親たちの質問《しつもん》をかわすのにいそがしくて、だれもフィンのことは見ていなかった。でも、チャーリーがヨットを岸に着けると、フィンは体に巻《ま》きつけていたロープを苦心してほどき、ほかの子たちのあとを追って、海からあがってきた。

「あらあら、かわいそうに、海に落ちたんでしょう？」

とミセス・ファリダーが言った。

「靴《くつ》もなくしちゃって。アミールに、水の中での身のこなしを教わらなくちゃね。アミールは泳ぎの名手だから。水泳でメダルをもらったこともあるのよ」

アミールとジャスがニヤリと笑顔をかわした。チャーリーはフィンの方を向いてウィンクした。

「フィンは泳ぎの練習なんかする必要なし」

とチャーリー。

「すごいんだから――あっ！」

アミールに向こうずねをいやというほどけられ、チャーリーはあわてて口をつぐんだ。

「オールやなんか、港にもどすの手伝うよ」

アミールが話題を変えた。

「オッケー。きみも手伝ってくれるよね、フィン？」

チャーリーの声には、称賛《しょうさん》のひびきがあった。友だちだよねと、笑顔が言っていた。

しばらくのあいだ、フィンは、信じていいのかなという顔でチャーリーを見つめていた。これまでずっと、チャーリーの意地の悪い言葉やげんこつにさらされてきた。フィンが見ていると、やがてチャーリーの顔から笑顔が消えて、かわりに心配そうな表情《ひょうじょう》になった。

「ヨットをひっぱってくれて、ありがとね」

チャーリーが小声で、父ちゃんの顔に目をやりながら言った。

「きみがひっぱってくれたこと、父ちゃんには言わないよね？　それからフィン、きみの……きみの泳ぎ、すごかった。あんなの、見たことないよ。ワールドクラスだ。オリンピック・チャンピオンだよ」

本気で言ってくれてるんだ、とフィンは思った。

「心配しなくてていいよ」

フィンは、どんなもんだいという笑顔をおしかくして言った。

「なんにも言わないから」


フィンがライフジャケットの山をヨットからとりだし、チャーリーはオール受けの金具をはずしはじめた。

「見て。さあ、たいへんだ」

ジャスが小声で言った。

ミセス・ラムが、砂浜《すなはま》の上の道から、みんなの方に走りおりてきた。腕《うで》をふりまわしておこっている。

「どこにいるの？　うちのカイラはどこ？　あんたたち、あの子に何をしたの？」

ジャスは、しまったと思った。たしかにカイラのことをすっかり忘《わす》れていた。

「カイラは、いっしょに行きたくないって言ったんです、ミセス・ラム」

とジャス。

「あそこに残るって、灯火室《とうかしつ》に」

みんなが、ジャスの指さす方に顔を向けた。カイラが、灯台のてっぺんにあるガラス張《ば》りの部屋に立っているのが見えた。ガラスに両手をおしつけて、下のみんなを見ている。

カイラのお母さんのうしろで、ジャスがあわてて合図を送った。

「あんな高いところで、いったい何をしているの、ひとりぼっちで？」

ミセス・ラムは激怒《げきど》している。

「あんたたち、カイラをいじめてるんじゃないの？」

「ちがいます、ほんとです、ミセス・ラム」

アミールがなだめた。

「カイラは絵を描《か》いてたんです。それを仕上げたいって言ってました。ほら、カイラがこっちを見てますよ。おりてくるわ」

ジャスが言った。

チャーリーは、カイラのことはそっちのけで、ペギー・スー号を引きずって、波がとどかないところまで運びはじめた。風のせいで波が高くなり、小石の上に音を立てて打ちよせている。

「手伝うよ」

フィンが申しでた。ふつうにチャーリーと話をしているのが、ふしぎだった。無視《むし》されるのを半ば覚悟《かくご》していたが、チャーリーが答えた。

「助かる、ありがとう、フィン」

ふたりでペギー・スー号をひっぱって、数メートル上まで運んだ。ジャスとアミールが走ってのぼってきた。とりのこされた大人たちは、ひとかたまりになって、カイラが砂山《すなやま》をこえて走ってくるのを見ている。

「いったいどういうこと？」

だれも近くにいないのを見はからって、ジャスがフィンに小声で聞いた。

「海で、何があったの？　あんなに泳げるのは、どういうわけ？　そもそも、なぜイルカや風船のことを知ったの？　イルカの妖精《ようせい》のことだけど――じょうだんよね？　どうして――」

「こっそり泳ぎのレッスンを受けたんだろ？」

ふたりのすぐうしろまでのぼってきていたアミールが、口をはさんだ。

「だれに習ったのか、教えろよ」

フィンは、小きざみに首をふって、ふたりの質問《しつもん》を止めた。

「じょうだんなんか言ってない。話したとおりなんだ。ぼくの母さんは、イルカの妖精だった。詩にも書いてある。あの詩、もう一度見て。それでよく考えてみて。あのさ、よかったら、あした、ぜんぶ話すよ。朝ごはんがすんだらすぐ。みんな、それでいい？」

チャーリーがこまった顔をした。

「おれ、土曜日はジャニーネ号で父ちゃんの手伝いをしないと」

「ぼくは、子ども部屋のそうじがある」

とアミール。

「家の人には、グループ研究をしてるって言おうよ」

とジャスが提案《ていあん》した。

「課題はえーと——どうしよう——潮《しお》だまりについてとかなんとか。すぐにとりかかりたいって」

「イルカの研究ってことにしようよ」

フィンがニコッとした。

「イルカの調査《ちょうさ》なら、ぼくにまかしといて」

ほかの子が驚《おどろ》いた顔をしてから笑顔をかえしてきたとき、フィンは心の中で、どんなもんだい、と思った。

「カイラが来たわ」

ジャスが言った。

「カイラにも言っておかないと。ドギーも連れてきてもらったほうがいいわよね。じゃあ、みんな、またあしたね！」

9

翌朝《よくあさ》、古びた家の屋根裏《やねうら》の、せまい寝室《しんしつ》で目をさましたフィンは、横になったまま、こんなに幸せなのはどうしてだろうと思った。窓《まど》のそばで、何かがチラチラ動いている。部屋に閉《と》じこめられたチョウが、外に出ようともがいていた。フィンは飛び起きて窓をあけ、外に出してやった。

海の上に出たばかりの太陽がまぶしい。その光を見たとたんに、きのうのできごとをありありと思い出した。イルカたちを風船から救ってやったんだ！　みんなにも手伝ってもらった。フィンは、チャーリーがきみってすごい、友だちだよ、という声で話してくれたのを思い出して、笑顔になった。

今日もあの灯火室《とうかしつ》に行く約束をしたんだったと思い出し、少し気が重くなった。あの子たち、まだやさしくしてくれるだろうか？　母さんのことを話したけど、みんな信じられないって顔だった。でも無理ないよな。自分でも信じられないくらいだもん。

フィンは窓《まど》を閉《し》め、着がえをはじめた。


一方、灯台《とうだい》や港のそばのあちこちの家の中では、子どもたちが灯台に行かせてほしいと、両親を説得していた。

「どういうつもりだ？　ロブスターの罠《わな》をきれいにする日なのに、その手伝いが、できないだと？」

ミスター・マンローはチャーリーをどなりつけながら、玄関《げんかん》につるしてあるジャケットをフックからはずそうとしている。

「こういうことに、できない、なんて言葉は存在《そんざい》しない。ついてこい。以上」

「学校に出すんだよ、父ちゃん」

チャーリーが、秘密《ひみつ》がばれないように注意しながら言った。うそをつくと、すぐ顔が赤くなってしまうのだ。

「さっきも言ったけど――これって、グループ研究なんだよ」

「なんの研究？」

母ちゃんが聞いた。

「潮《しお》だまりについて」

前の晩《ばん》、子どもたちみんなで考えた言いわけを思い出しながら、チャーリーは慎重《しんちょう》に答えた。

「みんなで採集《さいしゅう》するんだ……」

何を採集するんだっけ。思い出せなくて言葉につまった。

「サンプル?」

母ちゃんが助け船を出してくれた。

「そう、それ! サンプル!」

チャーリーがうれしそうにうなずいた。

「だめだ」

とミスター・マンローが言った。

「いいじゃないの」

とミセス・マンロー。

「勉強は大事よ。行ってらっしゃいな、チャーリー。でもランチの時間までには帰ってきてね。十二時。おくれちゃダメよ」

姉ちゃんが目を細めて見ていたが、チャーリーはいきおいよく食卓《しょくたく》から立ちあがった。

「何かたくらんでるな。あたしにはわかる」

姉ちゃんが言った。

「ちがうよ」

チャーリーは、それ以上、何か聞かれないように、大急ぎで玄関《げんかん》から外に飛びだした。


「あら、そうかしら、カイラ」

ミセス・ラムが、サテンのリボンで娘《むすめ》の髪《かみ》をポニーテールに結いあげながら言った。

「きのうのことを考えてごらん、ひとりぼっちで、ずっと置き去りにされたじゃないの。あの子たちは信用できないわ。意地悪をされてるんじゃないの？　ドギーはいじめられてない？」

「そんなことないってば」

カイラは頭を引いて、母さんの手からのがれた。

「グループ研究をするんだもん。宿題なんだから。アミールもいっしょ。ジャスも。ママのお気に入りの子たちでしょ。ドギーのことは、しっかり見ておく、約束するから」

「あんたは行きたくないわよね、ドギー？」

ミセス・ラムは、ネコのボタンのカラフルなお皿に、キャットフードを入れはじめたが、手を止めてスプーンを空にうかしたまま、目を上げた。

「あんな岩だらけのビーチに、また行くわけがないわよね？　すべったらたいへん。木曜日にすべって、けがしたばかりじゃないの。ママとおでかけしない？　ちょっとお化粧《けしょう》をなおしたら、すぐに――」

「お化粧はしなくていいよ、ママ」

ドギーは、きっとこうなると思って、言いわけを用意していた。

「浜《はま》にはほとんど行かない。灯台《とうだい》で、ジェイミソン教授《きょうじゅ》と勉強するんだもん。見せてくれるって、教授の……教授の……」

「統計《とうけい》データでしょ？」

カイラが、あんたすごい、という目で弟を見ながら言った。

「そう。トーキーデーター」

ドギーがすかさず、その言葉に飛びついた。意味はさっぱりわからずに。

アミールはもちろん、ミセス・ファリダーにべつの作り話をしなければならなかった。ミセス・ファリダーは、受け持っているクラスに、グループ研究や潮《しお》だまりについての宿題を出した覚えは、ないのだから。

「ほんとう？　潮だまりのことを調べることにしたってのは？」

ミセス・ファリダーは信じられないようだ。

「みんなで？　チャーリー・マンローもいっしょに？」

「そうさ、母さん」

アミールが、大人っぽい口調で堂々と言った。

「チャーリーが、ロブスターは罠《わな》でとるんだよって言って、それでこの話がはじまったわけ。言いだしたのはジャス」

アミールは、一応《いちおう》うまくごまかせたよなと思いながら、大きな目でむじゃきに母親を見た。

「それは、すばらしいわ」

ミセス・ファリダーがうれしそうに、でも少し驚《おどろ》いた顔で言った。

「ジャスはさすがにいい生徒ね。ジャスのお父さんに手伝ってもらうといいわ。ジェイミソン教授《きょうじゅ》はその道の専門家《せんもんか》ですもの。教授は――」

「わかってるって、母さん。実はね、まさにそこに集まるんだよ。灯台《とうだい》に」

アミールはスタートラインに立った選手のようにドアに向かって身がまえた。早く灯台に行きたくて、長い足がムズムズする。

「もう行っていいでしょ？　みんなが待ってるから」

「はいどうぞ」

ミセス・ファリダーが言った。

「でも、子ども部屋をそうじする時間には帰っていらっしゃいよ、わかった？　それと、靴《くつ》をぬらさないように。塩水は靴の大敵《たいてき》よ。あとで、教授のところに行こうかしら、みんなの様子を見に」

「来なくていいから、母さん！」

アミールは言いながら、もう、道路を猛然《もうぜん》と走っていた。

＊

「父さん」

ジャスが切りだした。ジャスとお父さんは、教授《きょうじゅ》の家らしい会話をしながら、トーストを食べているところだった。

「イルカが風船を食べたら、何か悪いことが起きるの？」

「とてもいい質問《しつもん》だ」

ジェイミソン教授が熱のこもった声で言った。

「ポリエステルでできた風船の分解《ぶんかい》速度は、ゴムの樹脂《じゅし》から作るラテックスの風船より、かなりおそいんだが、どちらも、海洋生物に重大な危険《きけん》をおよぼす。風船を摂取《せっしゅ》するとだな——つまり毎年、何千もの生物があちこちの浜《はま》に打ちあげられて——」

「わかってる」

ジャスが口をはさんだ。

「わたしが知りたいのは、イルカが風船を食べたら、その結果どうなるのかってこと」

父さんがジャスを見つめた。

「ごめん、ごめん。学生に話しているような気になってしまった。そうだな、風船がイルカの腸《ちょう》に詰《つ》まる可能性《かのうせい》がある」

「そのイルカは死ぬってこと?」

「そうなるかもしれん」

「でも、必ず死ぬってわけじゃないんでしょ?」

ジャスは、フィンがたどりつく前に風船を食べてしまったイルカたちのことを考えて、ゾッとしていた。

「必ずではない。ただ、大量のごみを食べてしまった場合——風船とか、ポリ袋《ぶくろ》とか、ペットボトルとか、そういうプラスチックのゴミのことだが——イルカのおなかがプラスチックだらけになる。これはきわめて重大な問題なんだ、ジャス。すでに、海の生き物がこういう、いろんな種類のプラスチックで、おなかを詰まらせているんだ。どういうわけか、人間が物を捨《す》てると、その多くが海の中に行き着くようだ。苦しんでいるのはイルカだけじゃないぞ。クジラも、カメも、フルマカモメも……」

「それでどうなるの? そういう生き物のおなかにプラスチックが詰まったら、生き物はどうなるの?」

「うーん。みんな餓死《がし》するんじゃないかな。そのことに関する論文《ろんぶん》を手に入れたんだが、どこに置いたかな。えーと――この紙の山の下か……いや、あっちかな……だれかドアをノックしなかったか？……おお、おはよう、チャーリー。今日は早起きだね。アミール、きみも？　うしろから、小さい子を連れた女の子も走ってきてるぞ」

数分後、灯火室《とうかしつ》に五人の子どもたちがそろい、フィンの到着《とうちゃく》をじっと待っていた。そのフィンの家では、父さんがフィンのために豪勢《ごうせい》な朝食を用意してくれていた。ベーコン、卵《たまご》、トースト。

「あのなあ、フィン」

父さんが、濃《こ》い紅茶《こうちゃ》を自分のカップにつぎながら、話しはじめた。

「シルヴィアの秘密《ひみつ》を、もうかくさなくていいと思うと、ほんとうにホッとするよ。ずっと恐《おそ》れていたんでね。今日は、生きかえった気分だ。これで、ふたりのあいだのわだかまりはとれたよな？」

「うん、もちろん、そう思う」

「もう一枚《まい》、トーストをお食べ」

ミスター・マクフィーが、フィンのお皿にトーストを追加《ついか》した。

「もう無理、おなかいっぱい」

フィンがうなりながら言った。

「豪華《ごうか》な朝ごはんだったね、父さん」

フィンが立ちあがろうといすをうしろにずらした。

「出かけてくる」

「どこに行くのかい？」

父さんが心配そうに聞いた。

「友だちに会うんだ」

「友だちって、どの？　友だちなんか、ひとりもいないじゃないか」

「今日は海には行かないよ、父さん。クラスの友だちと、灯台で話し合いをするのさ」

「あの、いかれた教授《きょうじゅ》が暮《く》らしてるとこか？　注意しろよ。おまえ、科学者につかまるぞ。そうしたら実験だ、検査《けんさ》だってされて、車やジャーナリストがわんさとおしよせてくる。うちのことは、外にもらしちゃいかん、いいね？　わたしたちふたりの秘密だ」

「もちろんさ、父さん」

とフィンは答えたものの、もうほかの子たちに話してしまったので、気がとがめた。

「テレビでサッカーが、はじまるまでに帰ってくる。約束するよ」

「やっと来た！」

チャーリーがこう言うのと同時に、フィンの頭が灯火室《とうかしつ》の床《ゆか》から出てきた。

「カイラとドギーに話しちゃった。話さないわけにいかなくて」

とジャス。

「気にしないでくれるといいんだけど」

「かまわないさ。でも、ほかの人には言わないでね、たのむから」

とフィンが言った。父さんが言ってた科学者とかうるさいジャーナリストがこわい。

「人になんか言うもんか」

とアミール。

「頭がおかしいって思われちゃうよ、イルカ人間の話なんかしたら。じょうだんでごまかすしかなかったんだろ、フィン？」

フィンはがっかりした。もうダメだ。みんなぼくのこと、信じていないんだ。前よりもっと、へんなヤツって思われてる。

ジャスが、みんなの沈黙《ちんもく》をやぶった。

「すわって、フィン。ほら、クッションにすわってよ。わたしたち、何もかも知りたいの。つまり、どんなふうに練習して、あんなに泳げるようになったの？　それに、イルカといっしょに、あんなにはねあがれたのはどうして？　イルカと、心が通じあってるみたいだった」

「練習なんかしてない」

フィンがきまり悪そうに言った。

「ただ泳げることがわかっただけ。それに、ぼくもきみたちと同じで、わからないんだ。

ちょっと……その……ちょっと変身したような気がした、海に落ちてすぐ。そいで、家に帰って、父さんから聞きだした。父さんはこれまで、母さんのことを何も話してくれなかったんだけどね。母さんは、ぼくが二歳《さい》のときに死んじゃったんだ。母さんのことは何も覚えてない。でも父さんから、母さんはイルカの妖精《ようせい》だったって聞いてすぐ、ああ、そういうことかって、わかった。それで、何もかもわかった、どうして泳げたのか。どうして、みんなとはちがう気がするのか」

「話についていけないな」

とアミール。

「そういうのって……科学的じゃないよ」

「そう、科学的じゃない。わかってる」

フィンが、ブスッとして言った。次になんと言えばいいのかわからない。まわりの子たちはとまどった顔をしている。すると、ほかの子たちから少しはなれたところにすわっているチャーリーに目が留《と》まった。灯火室《とうかしつ》のガラス窓《まど》によりかかっている。太陽が、ちょうどチャーリーの真うしろにあるので、表情《ひょうじょう》までは読みとれないが、どんな顔をしているかは想像《そうぞう》できる。そんな話、信じられるかと、あざ笑っているにちがいない。

ところが驚《おどろ》いたことに、チャーリーがうなずいたのだ。

「科学的じゃないことだって、ほんとにあるんだよ」

とチャーリーが言った。

「きみが言ってることもわかるよ、アミール。きのうは、ぼくも同じように思ってた。でも、きのうの夜、じいちゃんの家によったんだ。じいちゃんは、ずっと漁師《りょうし》だったから、イルカの妖精って知ってるか聞いてみたのさ。そしたら、よく知ってた。父ちゃんが聞いてないのをたしかめてから、じいちゃんが、こう言ったんだ。『じいちゃんの言うことを信じてくれよ、チャーリー。この昔話は、おまえが考えている以上に深い話なんだよ。漁師の大部分は、イルカの妖精を信じていたもんさ。今だって、信じてるヤツがいる。漁師たちがまちがってるなんて、だれに言える？』ってね。おれのじいちゃん、えらいんだぞー。じいちゃんがほんとだって言うんなら、信じられる」

フィンは、心からお礼を言いたい気持ちだった。チャーリーに信じてもらうのは、至難《しなん》の業《わざ》だと思っていた。

「なんだか、おとぎ話みたい」

カイラはうれしそうだ。

「おとぎ話って、大好きなの。特に、ハッピーエンドだとね」

「ぼくの母さんは、イルカの妖精《ようせい》に似《に》たパキスタンの話を、たくさん知ってるよ」

とアミール。

「精霊《せいれい》が出てくる魔法《まほう》の話。ぼくのおばあちゃんも、そういう話を信じてる。でも、ぼくはなあ。魔法なんて！　それはない……ないよ……」

「科学って言われるとね」

フィンが言いかけて、続く言葉は心の中でつぶやいた。わかってる。ぼくだって、信じるのはむずかしいさ。

「お母さんはどうなったの、フィン？」

ジャスがやさしく言った。ジャスはわかってくれてる、とフィンはうれしくなった。ジャスのお母さんも死んじゃったから。

フィンは大きな声で言った。

「母さんは海にいたんだ。イルカの姿《すがた》でね。漁師《りょうし》の網《あみ》にかかって死んじゃった」

「そういう話は、父ちゃんから聞いたことがある」

とチャーリー。

「まちがって、イルカを殺しちゃったことが、二回くらいあるって」

チャーリーは、そこでゾッとして目を見開いた。

「まさか、父ちゃんがやったんじゃあ……そのうちの一頭がまさか……」

「きみのお父さんじゃないさ。そうじゃないってわかる」

フィンが言った。

「網にかかったって、どうしてわかるの?」

カイラが聞いた。

「だって、お母さんなのか、ほかのイルカなのか、わからないでしょ? あんたのお母さん、まだ海にいるかもしれないわ」

「父さんは、母さんだったって言ってる」

フィンが手短かに答えた。

「父さんにはわかった。父さんが母さんを見つけたんだ」

フィンにはそれしか言えなかった。

「フィンのお父さんはお母さんを追いだしたって、うちのお父ちゃんが言ってたよ」

ドギーが得々として口をはさんだ。

「やめなさいよ、ドギー！」

みんなが、責《せ》めるようにドギーを見ながら、声をそろえて言った。あっと驚《おどろ》くような話をもっと聞きたいカイラは、ジャスに向き直った。

「あなたのお母さん、ほんとうにアフリカのプリンセスだったの？」

「まあね。エチオピア人だったの。昔は王様がいたから。母さんは王様の従妹《いとこ》か何か」

ジャスがまじめな声で言った。

「父さんはそう言ってるの、とにかく。父さんは母さんのことを、いつもプリンセスって呼《よ》んでたし」

そんなの証拠《しょうこ》になるのかな、とばかり、チャーリーが口をすぼめた。

「そんなの意味ないよ。うちの父ちゃんは母ちゃんのこと、のろまな雌鶏《めんどり》ばあさんなんて、呼ぶもん」

「おしりに羽が生えてたりして？」

ドギーがせせら笑った。

一瞬《いっしゅん》、シーンとしたが、ジャスが静けさをやぶった。

「あんたも、灯台《とうだい》仲間になりたいの、ドギー？」

ドギーがもちろんというように、うなずいた。

「じゃあ、約束して。だれかのお母さんの悪口は、ぜったいぜったい言っちゃダメ。ぜったいよ」

「ごめんなさい」

ドギーがボソッと言った。

ありがとう、ジャス、とフィンは心の中でお礼を言った。

「ぼくが知りたいのは、どうやったら、あんなふうに、はねあがれるのかってこと」

アミールに言われて、フィンは、居心地《いごこち》悪そうにモジモジした。

「そんなの、説明できないよ。海に入ると、ちがう人みたいになるんだから。いろんなものが見えたり、聞こえたりするし、なんていうか……パワーがわきあがる」

「あんたはラッキーだわ。わたし、海はこわくて。悪いことをつぎつぎ考えて、パニックになっちゃって――」

カイラの話をさえぎって、アミールが割《わ》りこんだ。

「はねあがることもだけど、イルカがやろうとしてることが、わかるんだろ。考えてることとか。イルカの言葉もしゃべれるの？」

「言葉はしゃべらないと思うよ、そんなには」

とフィン。

「ぼくたちみたいにはね。イルカは鳴き声を出したリ、ギーギーっていう音を出したりするんだ。一頭いただろ――ぼくが最初に会った子だけど――あの子の鳴き声は聞き分けられた。ほかのイルカの音とは、どっかちがうから」

「そういう番組、見たことあるな。動物のコミュニケーションについて」

アミールが熱心に言った。

「番組では、オウムが――」

「つまりイルカの鳴き声には、それぞれ特徴《とくちょう》があるってこと?」

ジャスが口をはさんだ。

「そのとおり!　まさにそういうこと」

ドギーはさっきから、顔を赤らめて黙《だま》りこくっていたが、ようやく口を開いた。

「誕生会《たんじょうかい》に呼《よ》ばなくて、ごめんね、フィン。風船のことも、ほんとうにごめんなさい。ママは知らなかったんだ、悪いことだって」

「みんな知らなかったわ」

ジャスがやさしく言った。

「あんたたちが悪いわけじゃないからね、ドギー」

「ママは新聞を見て、風船を飛ばそうって思いついたんだ」

とドギー。

「月曜日にローテミルにオープンする新しいスーパー……」

「そのスーパー、この村の店をつぶそうとしてるわけ」

カイラがにがにがしい声で言った。

「そのせいで、母さんも仕事がなくなっちゃう」

「うん、そいで、月曜日にオープンするんだ。国民の祝日に。オープンを記念して、宣伝《せんでん》の風船、たくさん飛ばすんだって。五千個《こ》の風船！　きれいだよ、きっと」

フィンは、ギョッとした。

「きれい？　それ、どういうこと、ドギー？　恐《おそ》ろしいよ！　ひどすぎる！」

いかりで体がふるえている。

「五千個も風船を飛ばしたら、どれだけのイルカが殺されるか、考えてみろよ！」

「カメもね」

とジャス。

「それに、クジラも。父さんが言ってたわ」

「それから海鳥も」

とチャーリー。

「父ちゃんが、ときどき死骸《しがい》を見つけるんだ。ビニール袋《ぶくろ》とか、そういうもんのせいでね」

子どもたちはすわったまま、たがいに見つめあった。

「そういうの、やめさせなくちゃ！」

とジャス。

「でもどうやって？」

10

みんな、長いことじっと考えこんでいた。

「爆薬《ばくやく》があればな」

チャーリーがやっと口を開いた。

「スーパーの建物をぶっ飛ばせる。そうすれば、オープニング記念のセレモニーなんてできないよ」

「なるほど。それで、わたしたちは全員、牢屋《ろうや》で一生をすごすわけね」

ジャスが手きびしく言った。

「爆薬をどうやって手に入れるんだよ？　そういうのって、テロ行為《こうい》じゃない？」

アミールが続けた。

「鉱山《こうざん》では爆薬を使うけど」

チャーリーが自信なさそうに言った。でも、だれも答えようとしない。

「スーパーに行って、どんなことが起きるか、説明できないかな？」

フィンがいきおいこんで言った。

「生き物を殺したい人なんて、いないでしょ、ぜったいに？」

「そんなの聞いてくれないわよ」

カイラがぴしゃりと言った。

「聞く耳なんて持ってないんだから。うちのママだって、小さいお店がつぶれちゃうって、たくさん手紙を書いたけど、そんなこと、おかまいなしだもの」

「それでもさ、イルカを殺すってのは……」

「とにかく、風船が海に落ちたらたいへんなことになるなんて言っても、信じてくれないわよ」

とジャス。

「子どもを相手に、わざわざ話を聞いてくれるなんて、思う？」

「犬のウンチをいっぱい拾って、投げつけてやるとか」

とドギーが言った。灯台《とうだい》仲間に入れてもらって、しばらくはしおらしくしていたが、もとのドギーにもどってしまった。

「ドギー」

みんなが声をそろえた。

「これ、遊びじゃないんだぞ、ドギー」

フィンはおこっている。

「ちょっと言ってみただけだもん」

ドギーが不満げに言った。

「反対運動をしましょうよ」

とジャス。

「そんな時間ないよ！　ドギーが言ったよね、オープンは月曜日だって。今日はもう土曜日！　ってことは、あさってだよ！」

子どもたちは、また黙《だま》りこくって真剣《しんけん》に考えた。集中して考えていたので、はしごをあがってくる足音にも気がつかず、床《ゆか》の上げぶたがおしあげられてジェイミソン教授《きょうじゅ》の頭が出てきてはじめて、ハッとした。

「ドギーってのは、どの子かね？」

教授《きょうじゅ》が聞いた。

「ぼくだけど」

ドギーが心配そうな顔で言った。

「お母さんが、きみはちゃんとここにいるのかって、電話してきたぞ。わたしに統計《とうけい》データをもらいに行くって、言ったんだって？」

バツが悪そうに、しばらく沈黙《ちんもく》。

「ぼく――ほんとうは――トーキーデーターってなんだか、わかんないけど」

ドギーがとうとう白状《はくじょう》した。

「ファクトだよ。情報《じょうほう》のこと」

アミールが説明した。

「おれたち、グループ研究してるんです」

とチャーリー。

「イルカについて」

とフィン。

「ちがうよ。潮《しお》だまりについて」

チャーリーが訂正《ていせい》した。

「はっきり決まっていないようだね」

ジェイミソン教授が言うと、ジャスが切りだした。

「あのね、父さん、ほんとうはグループ研究じゃないの。もっと、あの……その……実は抗議《こうぎ》集会なの」

びっくりした顔をしているほかの子どもたちに向かって言った。

「みんな考えてみてよ。グループ研究をして風船のことも解決《かいけつ》するなんて、時間がないわ。うちの父さんに話しちゃったほうがいい。きっと何か考えてくれるから」

「よく言ってくれたね、ジャス」

教授がおだやかな声で言った。

「いくらでも手伝ってやるよ」

「ローテミルに、ひどいスーパーマーケットができるんです！」

カイラがいきおいこんで言った。

「月曜日に開店して、ほかのお店をつぶそうとしてるんです！　五千個《こ》の風船を飛ばすって言ってます！」

「危険《きけん》です！」

フィンの声はかすれている。

「犯罪《はんざい》です！」

ジェイミソン教授《きょうじゅ》がいかめしい顔で言った。

「それはひどいな。そういうことなら、抗議《こうぎ》集会が必要だろう」

「ぼくたち、やめさせようとしてるんだ」

ドギーがえらそうに言った。

「ほう。それで方法は？」

「わたしたち、それがわからないの。まだ考え中で」

とジャス。

「なるほど。きみたち、知ってるかな。いちばんかんたんな方法が最良の方法だって言葉」

ジェイミソン教授が言った。

「わたしが電話をかけて、考え直してもらえないか、たのんでみようか？　みんなで下の部屋に行って、わたしが電話をかける、これだけですむけど、どうかな？」

「あの人たち、聞いてくれませんよ。ぜったいに」

とカイラ。

「わたしたちじゃ、耳を貸《か》してくれない」

とジャス。

「でも父さんの話なら、聞いてくれるかもしれない」


ジャスはお父さんの研究室を見なれているが、ほかの子は、目を丸くしながら見まわした。大きな部屋に、本と書類がびっしり。壁《かべ》という壁が、図や地図や写真でうめつくされ、教

授のデスクには大きなコンピューターが二台、デンと乗っている。

フィンは早く話をしたくて、じっとしていられないほどなのに、ほかの子はめずらしそうに、きょろきょろしている。チャーリーは、港の水の流れを示《しめ》している地図に向かって、わけ知り顔でうなずいているし、カイラは本の表紙に描《えが》かれたアザラシの赤ちゃんの絵を、ほれぼれとながめている。アミールは、大きなコンピューターをいじりたくて、ウズウズしているのがわかる。ドギーだけは、つまらなそうに、ひざこぞうのかさぶたをむしっている。

「うーむ——きみたち、そのスーパーの電話番号は知らないだろうね？」

と言いながら、教授《きょうじゅ》はデスクの上の書類をかきまわした。ここなら、電話番号がひょいとあらわれるとでもいうように。

アミールが携帯《けいたい》電話をとりだして、画面を下のほうにスクロールした。

「ありました」

アミールが携帯を差しだして、教授に見せた。

「すばらしいリサーチ力だ」

と教授。

「きみは、海洋生物学をやる気はあるかい？　なんなら、わたしが――」

「父さん！」

ジャスが言った。

「ごめんごめん」

と教授。

「番号を教えてくれ。どういうことになるか見てみよう」

フィンは息をつめて教授を見守った。教授はやっとのことで新しいスーパーの責任者《せきにんしゃ》に電話をつないでもらい、五千個《こ》の風船を飛ばすと、多くの鳥や動物が死んでしまうと、ていねいに説明している。でも、いくら話しても、わかってくれないのは、はっきりしていた。電話の向こうの声が、だんだん大きくなり、そのうちいかりに変わっていった。それを聞きながら、フィンも手をどんどん強くにぎりしめたので、つめが手のひらに食いこみそうだ。しまいに教授は耳が痛《いた》くなって、電話を耳からはなしてしゃべる羽目になった。

教授は受話器を置き、子どもたちに顔を向けた。ジャスはびっくりした。父さんが、こんなにおこった顔をしているのを、これまで見たことがない。

「はじ知らず！」

と教授《きょうじゅ》が言った。

「無責任《むせきにん》もはなはだしい！　何もかも、オープニング・セレモニーに、なんとかいうサッカー選手が来るせいだ」

「サッカー選手が？　だれ？」

チャーリーが答えをせきたてた。

「聞いたことのないヤツだ」

教授が不機嫌《ふきげん》そうに言った。

「トムなんとか。ヘストン？　ヘザトン？」

「トム・ヘンダーソンじゃない？」

チャーリーがアミールと目をかわしながら、小声で言った。

「ヘンダーソン。そうだ。報道《ほうどう》関係者も来るんだろう――新聞社、ラジオ……そのヘンダーソンてヤツが、風船を飛ばすボタンをおすんだろう。どいつもこいつもバカもんぞろい――いかれたオヤジなんて言われたのは、生まれてはじめてだ。地区の議会に強く苦情《くじょう》を申し立ててやる。そうすれば、きっとやめさせてくれるはず――」

「もう週末なのよ、父さん。今日は土曜日。どこのオフィスも閉《し》まってるわよ」

ジャスががっかりして言った。

「セレモニーは月曜だから、もう間に合わないわ」

「それなら、環境課《かんきょうか》に厳重《げんじゅう》な抗議文《こうぎぶん》を送ろう」

と教授。

「こういうことが二度と起きないようにしなくちゃならん。さてと、これで失礼するよ、みんな。これ以上、できることはないし、急いで対応《たいおう》しなきゃならんメールがたくさん来ているんでね」

「でもぼくたちじゃ何も……教授なら……」

フィンが口ごもった。

ジャスがフィンに向かって顔をしかめた。父さんの関心はここまでだ。もうべつのことを考えている。

子どもたちは黙《だま》りこくって、研究室から列になって出て、また灯火室《とうかしつ》にあがっていった。

「トム・ヘンダーソン！」

チャーリーが敬意《けいい》をこめて言った。

「ローテミルに来るとはね！　信じらんないよ！」

「すばらしい選手、そのひとことにつきる」

とアミール。

「セルティックとの延長戦《えんちょうせん》の最後の最後のゴール、見た？　あれで勝敗が決まった！」

「静かに！」

フィンがさえぎった。

「なんでサッカーの話なんかするの？　こっちの話が、どんなに大事なことか、わかってるの？　海の中に、友だちがおおぜいいるんだよ。もう死にかかってるんだから！」

「ごめん、フィン」

チャーリーとアミールがボソボソ言った。

「わたし、イルカの絵を描《か》いてポスターにする」

とカイラ。

「それで、お店のガラスの扉《とびら》に貼《は》る」

「いい考えだわ、カイラ」

ジャスが賛成《さんせい》した。

「たしかに、ばっちりのアイデアよ。たくさんポスターを作って、ストロムヘッドとローテミルでそこらじゅうに貼りましょうよ」

「わかった。イルカの絵を描いて、『風船を上げるな』って、下の方に書く」

「ちょっと待って、『風船はイルカを殺す』のほうがいいよ」

フィンがいきおいこんで言った。

「イルカだけじゃないんじゃない？」

とジャス。

「鳥も。アザラシも。みんな」

「『風船は野生動物を殺す。風船を上げるのをやめよう！』はどうだろう？」

とアミールが言うと、みんながうなずいた。

「紙とサインペンがたくさんいるわね」

ジャスが言った。チャーリーはうかぬ顔をしている。

「おれはダメだ。おれ、絵も字も、てんでダメ」

「絵や字がうんとうまい人が、ひとりいればいいのよ」

とジャス。

「絵はカイラがいちばんよね。カイラが描いたものを、コピーすればいいわ。父さん、うんといいプリンターを持ってるの。コピーしたら、バスに乗ってローテミルに行って、そこらじゅうに貼《は》りましょ」

「ローテミルに行くなんて、ママがゆるしてくんないよ。ママがついてきちゃう」

とドギー。

「そういうことは、アミールとフィンとおれにまかしといてよ」

とチャーリーがえらそうに言った。

「今、何時?」

ドギーがいきなり言った。

「ママが、十二時までに帰りなさいって。ママにはなんて言えばいいの、潮《しお》だまりのグループ研究のこと、その……そのデータとか、いろんなこと?」

「そういう理由はとりさげたほうがいいな」

とアミール。

「お母さんには、計画を変えて、新しく——その……」

「反対運動のグループ活動?」

ジャスの言葉にカイラがうなずいた。

「ママも、それなら文句《もんく》ないと思うわ。喜ぶんじゃないかな。村のお店も助かるしね」

「でも、おばさんにはイルカを助けてるってことも言ってよ。だって、とにかく、目的はイルカなんだから！」

フィンがつけたした。

11

フィンは家まで走り続けた。二日前に見たばかりのイルカの災難《さいなん》を考えると、腹立《はらだ》たしくて悲しくて、たまらない気持ちになる。崖《がけ》の上の家まで、まだまだ走らなければならないのに、もう息が切れた。

海の中だけじゃなくて陸の上でも強くなりたい、とフィンは思った。風船の打ち上げをやめさせることができなかったら、海にもぐって、たくさんの風船をひとりで集めなくちゃならない。でもな、五千個《こ》だよ——しかも何キロも先まで飛ばされる！　ぜんぶ見つけだすなんて、とっても無理だ。

家に近づくと、父さんのことが頭にうかんだ。父さんは変わってないだろうな。いつものように、なーんにもしないで、壁《かべ》を見つめているんだろう。今度のことだって、助けてくれそうもない。ずっと役に立たない父さんだったもん。

ところが、家が見えるところまで来て、フィンは急に立ち止まった。今朝《けさ》、家を出たときの庭は、これまでどおりイバラや雑草《ざっそう》でジャングルのようになっていた。それが、しおれた雑草が山のように積まれていて、窓《まど》もきれいにみがかれ、陽ざしを受けてキラキラと光っている。

父さん、ほんとうに変わったんだ！　フィンは飛びあがるほどうれしくて、家の中に飛びこんだ。

ふりむいた父さんは、ニコッとしたが、なぜか悲しそうな顔で、左手を上げた。血がポタポタと落ちているではないか。

「この役立たずの刈《か》りこみバサミが、すべったんだ。雑草を刈りとっているときに」

父さんはすっかりしょげかえっている。

「こんな切れ味の悪いさびた道具は、始末しなくちゃな。わたしもこれからは、もっと慎《しん》重《ちょう》にならんと、なあ、フィン？」

「父さん、痛《いた》そう！　病院に行けば？」

「病院！」

ミスター・マクフィーが鼻で笑った。

「そんな必要はない。海ではこんなことは、へでもないさ。どこかに救急箱があるだろう、捨《す》てていなければ。キッチンの棚《たな》のいちばん上あたりに。これからは慎重《しんちょう》にやる、心配ない」

フィンは父さんの手をきれいにして消毒し、包帯を見つけだした。救急箱を探《さが》したり、血のついた床《ゆか》をモップできれいにしたりと走りまわりながら、風船を飛ばすとどうなるかを一気に説明した。がっかりしたことに、父さんは、また前のような打ちひしがれた表《ひょう》情《じょう》をしている。

「ああ、フィン、そりゃひどい。かわいそうに、罪《つみ》のない生き物が海の中で、ひどい目にあうとは。でかいスーパーのボス連中が、よってたかって金もうけに走りやがって……」

父さんは目になみだをうかべながら、油ぎった古いいすの方にヨロヨロと近づいた。また前のように、そのいすにすわりこみ、自分ひとりの世界に引きこもってしまいそうだ。

「みんなで、やめさせようとしてるんだ。ぼくと、ほかの子たちとで」

父さんを引きとめようと、フィンがあわてて言ったが、ミスター・マクフィーは首をふった。

「ビジネスをやめさせるなんて、できっこないぞ、フィン。大物を相手に戦えるもんか。

わたしらのような、ちっぽけな人間は——」

「ぼくたち、戦うんだよ！」

フィンが熱をこめて言った。

「ぼくはやる、それにぼくの——ぼくの友だちも。ポスターを作ってる。ローテミルとストロムヘッドで貼《は》りまくるんだ」

「それはよかったな、フィン」

父さんは元気なく言った。

「あのなあ——あの庭仕事のおかげで、つかれちまった。ちょっと休みたい。テレビは何をやってるかな」

「紅茶《こうちゃ》を持ってくるよ」

フィンはいつものセリフを口にした。キッチンに行って、やかんを火にかけ、父さんのためにサンドイッチを作った。

フィンは、パンにマーガリンをぬりながら、自分の力でやるしかないな、と思った。ぼくと灯台《とうだい》仲間は。

家の仕事に追われてこまっているのは、フィンだけではなかった。チャーリーとアミールも、カイラとドギーも、玄関《げんかん》を入るなり両親にせっつかれた。チャーリーは父ちゃんのライトバンを洗《あら》わなければならなかったし、アミールは子ども部屋を片《かた》づけなければならなかった。ドギーはママがバラの木に水をやるのを手伝い、カイラはおばあちゃんのためのバースデイ・カードを作っていた。ジャスまで、ジェイミソン教授《きょうじゅ》に引きとめられた。教授はじっくり考えたとみえ、（教授にとって興味《きょうみ》のある）かなり細かいことを聞きだしにかかった。突風《とっぷう》が吹《ふ》くかもしれないときに、なぜジャスはチャーリーといっしょに舟《ふね》で出かけたのか。その会話は次第に、天気予報《よほう》という芸術的《げいじゅってき》で科学的な問題についての、長い説明になっていった。

「これまで、おまえには好きなようにさせてきた」

最後に教授は言った。心配そうに眉根《まゆね》をよせている。

「ストロムヘッドは安全な場所だし、よい村だよ。でもおまえが分別のある行動をする子だと、確信《かくしん》が持てないとな」

みんな、午後の三時になっても家を出ることができずにいた。最初に家を出たのはジャスだ。ジャスはカイラとドギーの家に足をのばして、カイラのポスターの進み具合を見ることにした。カイラは、家に続く砂利《じゃり》の小道を歩く足音を聞きつけ、絵を描《か》いた紙をふりながら大急ぎで外に出てきて、ジャスにわたした。

ジャスは、カイラの絵を見て目を見張《みは》った。キラキラとしぶきをまき散らしながらはねあがるイルカの絵だ。

「カイラ、すばらしいわ！　きれいな絵！」

「しぶきを銀色のペンで書いてみたの」

カイラがはずかしそうに言った。

「気に入ってくれた、ジャス？」

そこにミセス・ラムが姿《すがた》を見せ、娘《むすめ》の肩《かた》をそっとだきよせた。

「言っておきますけど」

とジャスに向かって話しはじめた。

「あなたたちはこれまで、カイラをちゃんとみとめてこなかったでしょ。なにしろカイラは特別な――」

カイラは手をふって母親を追いやる仕草をしながら、ジャスに目を丸くして見せた。ジャスは、こまったお母さんだわねと言いたいのを、ほほえんでごまかした。

「もちろん、カイラは特別です」

ジャスがポスターをカイラにかえしながら言った。

「みんな、カイラのこと、すごいと思ってるんですよ、ほんとうに。カイラは――そのう
――カイラは大事な仲間ですから」

「ほらね、ママ？　言ってるでしょ。みんなわたしの友だちだって」

ドギーが、玄関《げんかん》の前に立ちはだかっている母親をおしのけて、出てきた。

「ぼくも友だちだよね、ジャス？　ぼくも灯台《とうだい》仲間だもん。そう言ったよね」

「もちろんよ、ドギー」

ジャスがやさしく言った。

「カイラとドギーも、いっしょに行っていいですか、ミセス・ラム？　これからみんなで集まって、うちの父さんに、このポスターをコピーしてもらうんです。できるだけたくさん、貼《は》ってまわろうと思って」

「いいんじゃないかしら」

とミセス・ラム。

「あなたたちの運動のことは、ぜんぶカイラから聞きました。せいぜいがんばってちょう

だい。でもねえ、うまくいくのかしら。ビジネスにむらがっている大物たちは、聞く耳なんて持ってないから。今回にかぎっては、わたしもあなたたちを応援《おうえん》しますよ。今日は子どもたちだけで、もうじゅうぶんやったんだから、そろそろ大人が腰《こし》を上げないと」

チャーリーとアミールはもう港に着いていた。そこにジャスとカイラが到着《とうちゃく》した。ドギーが、おくれてなるものかと小走りでついてくる。そのうしろからミセス・ラムが。

「わかった、ママ?」

ドギーが不機嫌《ふきげん》な声で言った。

「ぼく言ったでしょ、みん

ながが待ってるって。みんなで大事な仕事をするんだから」

「抗議《こうぎ》活動だぞ」

うしろから、ハーハーと息を切らせながら声をかけてきたのは、崖《がけ》の上の家から走り通してきたフィンだ。カイラのほうに手をのばしている。

「できたの？　見せてくれる？」

フィンは首をかたむけて、ポスターをじっと見た。

「いいねえ、カイラ。いいどころじゃなくて、すごーい！　できれば——ちがう、ぜったい成功《せいこう》させなくちゃ」

「じゃあ、灯台《とうだい》に行って、父さんのコピー機を使わせてもらいましょ」

とジャス。

「それから……それから、どうするか決めようよ」

ミセス・ラムが、しぶしぶうなずいた。

「うちの子ふたりは五時までですよ。むかえに行きますからね」

それからカイラに言った。

「ドギーのめんどうをちゃんと見なさいよ」

「灯台まで競争だ！」

アミールのかけ声で、六人の子どもたちがいっせいに丘《おか》を目ざして走りだした。

「じゃあ、行ってきまーす、ミセス・ラム」

ジャスは、ふりかえってこう声をかけると、急いで前を向き、ひものほどけた靴《くつ》で走っているドギーの肩《かた》をつかんで、立ち止まらせた。

四時には、色あざやかにコピーされたポスターが、ジェイミソン教授《きょうじゅ》のデスクの上に、きちんとそろえて山積みされた。

「すばらしい作品だねえ、カイラ」

ジェイミソン教授が、ポスターを一枚《まい》手にとって、しげしげと見ている。

「マリンアートの仕事をしたらどうだろう？　わたしが太鼓判《たいこばん》を……おお！　こんな時間かい？　すまんな、子どもたち。急いで電話をしなければならんので」

子どもたちは静かに、ジャスのうしろから灯火室に向かった。

「時間がない！」

みんなが灯火室にそろうなり、フィンが早口で言った。

「これじゃあ、今日じゅうにローテミルに行けないよ」

「たしかに。ストロムヘッドに帰ってくる最終バスは、六時発だもん。今から行っても、すぐに帰ってこないと」

チャーリーがうなずいた。

「あしたなら、うちの母さんに連れてってもらえるかもしれない」

とアミール。

「今日はたのめない。土曜日は父さんが電話してくるから、母さんは出かけられないいんだ」

「うちの父ちゃんも、今日は無理だな。漁業《ぎょぎょう》組合の親睦会《しんぼくかい》があるから」

チャーリーも言った。

「うちの父さんをひっぱりだす、ピックアップトラックで連れていってほしいって」

とフィンが言った。うまくいくといいけれどと、祈《いの》るような気持ちだった。

「朝いちばんに」

チャーリーとアミールが目を見合わせた。ふたりが何を考えているかわかって、フィンはくちびるをかんだ。チャーリーとアミールは、父さんの、しょっちゅう動かなくなるおんぼろトラックのことを考えているんだろう。それに、父さん自身のことも――人殺しかもって。

「うちの父ちゃんは、きみんちの父さんといっしょには行かせてくんない」

チャーリーが、無遠慮《ぶえんりょ》に言った。

フィンが赤くなった。

「わかった。そんならいい」

ぴしゃりと言った。

「勝手にすれば。ぼく、父さんとふたりで、ぜんぶやるから。そのポスター、よこして、カイラ。みんなでやれなくてもいい。今はイルカのほうが心配だから」

フィンはポスターをつかむと、床《ゆか》の上げぶたの中に消えた。

フィンがいなくなったあと、気まずい空気がただよって、みんなおしだまった。

「うちの父さんに助けてもらえないか、考えてみるわ」

とジャスが言った。

「そうなれば、わたしも行っていいって、ママがゆるしてくれるかも」

とカイラ。

「ダメだよ、ぜったいにダメ。ママはぼくに……」

ドギーは言いかけてから、顔いっぱいの笑顔になった。

「ママには、ジャスのお父さんがローテミルの博物館《はくぶつかん》に連れてってくれるって言えばいいよ。ママはそういうの好きだから」

「必ずしもうそにはならないかも」

ジャスが言った。

「博物館にも掲示板《けいじばん》があるわ。あそこなら、ポスターを貼《は》らせてくれるんじゃないかな」


フィンが家に帰ったとき、父さんはサッカーのテレビ中継《ちゅうけい》に夢中《むちゅう》になっていた。

「おまえも見ろよ、これ」

フィンが玄関《げんかん》を入ると、父さんが感心しきりという声で言った。

「トム・ヘンダーソンは、さすがだな。ここにおいでよ、フィン。今のゴールのリプレイをやるから」

フィンはジリジリしながら、試合が終わるのを待った。それから、父さんにカイラのポスターを見せた。

ミスター・マクフィーは、腕《うで》をのばしてポスターをかかげ、びっくりした顔でながめた。

「すばらしい！　才能《さいのう》のある子なんだろうね。これ、どこにかざろうか？　暖炉《だんろ》の上を片《かた》づけたらどうだ？」

「そうじゃないよ、父さん。これは教授《きょうじゅ》がコピーしてくれたんだ。たくさん持ってきた。さっき言っただろ。あしたの朝いちばんに、ローテミルとストロムヘッドで貼りまくるんだ。父さん、連れてってくんない、トラックで？」

ミスター・マクフィーは頭をかいた。

「ローテミルか？　もう何年も行ってないなあ。あそこには行きたくないんだよ、今だから言うが。昔の知り合いに出くわしたくないんでね」

「お願い、父さん」

フィンがせっついた。

「まあ、そこまで言うなら、行くとするか」

父さんがしぶしぶ言った。

「でも期待はするなよ、フィン。そのポスター、とてもよく描《か》けているが、そんなもんじゃ役に立つまい」

その晩《ばん》、フィンはほとんど眠《ねむ》れなかった。こわい想像《そうぞう》ばかりしてしまう。風船のひもにからまったイルカたちが、おなかにゴミを詰《つ》まらせて、ジワジワと飢《う》え死《じ》にしていく。フィンは七時にベッドから出て、父さんを起こしに行った。

ミスター・マクフィーはぐっすり眠《ねむ》っていた。フィンがユサユサとゆさぶって、やっと目をさました。

「たのむよ、父さん！　ローテミルに連れて行くって、約束しただろ！」

フィンがさけんだ。

「どうしても行かなくちゃならないんだよ！　今すぐ！」

ミスター・マクフィーは起きあがり、息子《むすこ》の顔をぼんやりと見つめた。

「もう少し眠らないと目がさめんなあ。夢《ゆめ》の中で腹《はら》が立ってな。風船を食べてる動物が、なんともかわいそうで――」

「コーヒー」

フィンがきびしい声で言った。

「コーヒーを持ってくるから、起きて、父さん。今すぐ！」

それから一時間後、ミスター・マクフィーのおんぼろトラックが、ガタガタと音を立てながら、ストロムヘッドの小道を、ローテミルへの分かれ道に向かって走っていた。その分かれ道にさしかかったとき、フィンが父さんの腕《うで》をつかんだ。

「止めて、父さん！　あそこに、チャーリーとアミールがいる！」

トラックがガタガタと止まった。

「乗せてくんないかな」

チャーリーは自分の家のある方に目を向けたままで、ふてくされたように言った。

「ぼくも」

とアミール。

フィンはトラックから飛びおりると、車のうしろをまわって、後部座席《ざせき》のドアをあけた。

「そこに座席……みたいなもんがあるから。シートベルトをしたほうがいいよ」

フィンが言った。

ローテミルまでは、ほんの六キロほどで、トラックは町の中心の駐車場《ちゅうしゃじょう》に止まった。

フィンがうしろのドアをあけると、チャーリーとアミールが、真っ青な顔で言葉もなくフインを見つめている。

「きみのお父さん、いつもこんな運転なの?」

アミールがヒソヒソ声で言った。

「こんなって、どんな?」

「ああ、なんでもない」

とチャーリー。

「ヘイ、あれは教授《きょうじゅ》の車じゃない? ほら――そうだよ! カイルとドギーが乗ってる。みんなそろったんだ!」

12

朝早いし、日曜日だし、ローテミルはまだとても静かだ。六人の子どもたちは駐車場《ちゅうしゃじょう》に立って、小さな町の中心から放射状《ほうしゃじょう》にのびている通りを観察《かんさつ》した。ジェイミソン教授とミスター・マクフィーは、トラックのそばで立ち話をしている。

「じゃあ、みんな散らばって……」

と言ったところで、チャーリーの声は自信なげに小さくなった。

フィンがさっきから目をすえているものがある。

「見てよ！」

フィンが憤慨《ふんがい》しながら指さしているショーウィンドウには、色もあざやかなポスターが貼《は》ってある。そのポスターの中で、ユニフォームを着たトム・ヘンダーソンがジャンプしてボールをけろうとしている——わけではなく、風船をけろうとしていて、ヘンダーソンの頭上に、たくさんの風船がうかんでいる。

〈最高級スーパーマーケット新規《しんき》開店！　トム・ヘンダーソンによる風船の打ち上げは月曜日午後三時！〉という文字が、大きく黒々と書いてある。

その店に向かって、フィンはもう走りだしている。

「この店からはじめよう」

フィンがふりかえって、みんなに声をかけた。

「ポスターを貼《は》るのはあそこの……」

フィンが言いかけて、ハッとして立ち止まったので、すぐうしろを走っていたジャスが、もう少しでぶつかりそうになった。ジャスは心得た顔で笑った。

「粘着《ねんちゃく》テープを忘《わす》れたんでしょう？　だいじょうぶよ。わたしがたくさん持ってきたから。ハサミもね」

ジャスは思わず、さすがでしょという表情《ひょうじょう》になった。

数分後、カイラのポスターをショーウィンドウの外側に貼りつけた。内側から貼ってあるスーパーの大きなポスターが、半分かくれた。子どもたちは、できばえを見ようとうしろに下がった。

「わかんないけど」

とカイラが口を開いた。

「これ――なんか――おかしい、どこかが」

「バカなこといわないで――すばらしいじゃない！」

ジャスが元気づけた。

ほかの子たちは、ローテミルの人通りのない大通りを走りながら、右や左をキョロキョロしながら、灰色《はいいろ》の石壁《いしかべ》やほこりをかぶったショーウィンドウの、どこにポスターを貼ろうかと探《さが》している。

「次はあそこにしよう！」

アミールがさけびながら、道路に面した郵便局《ゆうびんきょく》を指さしている。ほかの子たちがあとを追う。

カフェの窓《まど》にポスターを貼っていると、店の主人がプリプリしながら出てきた。

「こら！」

店主がどなった。

「何をする、おまえたち？　器物損壊《きぶつそんかい》だぞ、これは。とっとと消え失せろ！」

ジェイミソン教授《きょうじゅ》とミスター・マクフィーは、なかなか子どもたちに追いつかない。息を切らせながらカフェまで来てみると、店主が手をのばしてまさにポスターをやぶりとろうとしているところだった。

「ちょっと説明させていただけませんか？」

教授がていねいに言った。

「だめだ！」

店主がどなった。

「あんたが、あのチンピラこぞうたちの責任者《せきにんしゃ》かい？　あんたらも、立ち去ってもらおう」

ジェイミソン教授は顔を上げ、クンクンとにおいをかいだ。

「コーヒーだ」

と教授。

「それに焼きたてパンも」

教授はミスター・マクフィーの腕《うで》をとった。

「わたしと友だちで、朝食をいただけるかな、ここで？　わたしたちの作戦を聞けば、あなたの気持ちも変わるかもしれません」

カフェの主人はたじろいだが、店に来る人が少ない日曜日の朝に、ふたりの客をのがす手はない。店主はわきによって、ふたりを店に通した。

フィンは、大通りを走りぬけようとしていた。ジェイミソン教授が店の外に出て、走っていく子どもたちの背中《せなか》に声をかけた。

「みんないっしょに行けよ！　列が長くならんようにな。気をつけろ！」

ローテミルの大通りが少しずつ活気づいてきた。バスの停留所《ていりゅうじょ》にも、かなりの人が待っている。ジャスがチケット売り場の窓《まど》にポスターを貼《は》ろうとしたが、近くに立っていた警官《けいかん》ににらまれ、追いやられた。

角《かど》の教会から三々五々、人が出てきた。そのうしろから、朝の風に白い法服をはためかせながら牧師《ぼくし》が出てきて、みんなとつぎつぎにあくしゅをしている。

カイラが牧師に近づいた。カイラは教会に慣《な》れている。カイラとドギーは母親に連れられて、ローテミルの向こうのはしにある教会の日曜学校に、行っているからだ。

「教会の案内板に、このポスターを貼ってもいいですか？」

カイラが牧師に聞いた。

「なんだって？　なんのポスターかね？」

牧師《ぼくし》は聞きながら、背中《せなか》の具合が悪いと話している老人の手を放した。

「明日の午後、スーパーマーケットで上げる風船ですけど」

カイラがおずおずと言った。牧師が眉《まゆ》をひそめた。

「おことわりだな。案内板を宣伝《せんでん》に使うのはこまる」

「宣伝じゃない」

フィンがかけよって言った。

「イルカを救うポスター。風船がイルカを殺すから。ひどい。やめさせなくちゃ！」

フィンは気持ちがはやって、うまく言葉が出てこない。

牧師がポスターを手にとって読んだ。

「だれが作ったんだね、このポスターは？」

「わたしです——一応《いちおう》、わたしが絵を描《か》きました」

「すばらしいねえ！」

牧師がカイラに笑顔を向けた。

「何枚《まい》か分けてもらえるかな？　このあとの礼拝《れいはい》で、信者たちに見せたいから。窓《まど》に貼《は》ってくれる人がいるかもしれない。いいことをしてるね。なかなかよい地域《ちいき》協力だ。ところで、子どもの礼拝に出てみないかい？　おもしろいぞ。お話とか歌とか――いろいろやるから」

「すみません、時間がないんです」

フィンがポスターを何枚か、牧師の手におしつけながら言った。

ほかの子たちはもう角《かど》を曲がって、電車の駅に向かっている。フィンもそのあとを追っていたが、うしろから来る足音に気づいた。

「こら、その子！　止まれ！」

男がどなっている。

フィンがふりかえった。男がふたり、すぐそばまで来ている。こわい顔だ。フィンは、走るスピードを一気にあげたが、角を曲がったところで、大きな手に肩《かた》をつかまれた。乱《らん》暴《ぼう》にふりまわされ、壁《かべ》におしつけられた。フィンはこわくて、心臓《しんぞう》がバクバクした。ふたりとも、銃弾《じゅうだん》みたいなイガグリ頭で、革製《かわせい》のジャケットを着ている。強そうだ。

「おまえと、そのきたならしい持ち物が気になる」

ひとりがどなりながら、フィンが持っているポスターをひったくり、わざとゆっくりやぶりはじめた。ちぎれた紙が、道路わきの排水路《はいすいろ》に落ちていく。

「そんなことしちゃダメ！　やめて！」

フィンがさけんだ。

「そんなことするなんて、ひどい！　助けなくちゃ、イルカとか、鳥とか――アザラシも！」

「たわけたこと言うのはどこのどいつだ、生意気な犯罪者《はんざいしゃ》め」

もうひとりが言った。

「だれかにあやつられているな。動物の権利団体《けんりだんたい》か？　動物保護《ほご》のテロリストってとこだ

ろう。合法的なビジネスの妨害《ぼうがい》、そういうことだ。とりしまりの対象《たいしょう》だな。お前を片《かた》づけてやる。少年院に送るってことだ」

遠くの方で、チャーリーがさけんでいるのがフィンに聞こえた。

「ヘイ、フィンがたいへん！　かけつけろ！」

続いて、五人の子どもたちが走ってくる足音が聞こえた。

「しめしめ」

男のひとりが笑いながら言った。

「一網打尽《いちもうだじん》だな。ポスターをとりあげろ、ナイジェル」

ふたりの男が、残りのポスターを子どもたちからうばいはじめて、ちょっとしたもみあいになった。それから、子どもたちがなすすべもなく見つめるなか、男たちはポスターを一枚《まい》残らずビリビリと引きさいた。たちまち道路の上に、ちぎれた紙の山ができた。

「この町で、わしらの目をぬすもうったって、そうはいかないぞ」

ナイジェルがあざ笑った。

「おまえらのあとをつけてきたのさ。一つ残らずひっぱがしてやった。スーパーの開店をじゃましようとしてるだろ。でもそうは問屋がおろさない。わしらは、あのスーパーにやとわれているからな。報酬《ほうしゅう》もいい。警備担当《けいびたんとう》。意味はわかるか？　やっかい者をとりしまる訓練を受けているのよ。チビッ子犯罪者《はんざいしゃ》のあつかい方も習ったよな、バリー？」

「ああ、習った」

ともうひとりの男。

「いまいましい無政府主義者《むせいふしゅぎしゃ》め。ひでえもんだ。行こう、ナイジェル」

ふたりの男は笑いながら、ぶらぶらと立ち去った。

フィンが顔を真っ赤にしておこっている。追いかけて背中《せなか》をなぐりつけてやる。フィンが走りだす前に、チャーリーとアミールが腕《うで》をつかんで引きとめた。

「やめとけ、フィン。相手が強すぎる」

「あんな人……あんな人、ひどすぎる」

とカイラ。なみだをいっぱいためている。

「わたしの大事なポスターなのに！」

ドギーはもめごとの現場《げんば》を逃《に》げだし、すぐわきの建物にかくれている。ジャスは、ドギーが顔だけ出しているのに気づいた。

「うちに帰りたい、ジャス」

ドギーが小声で言った。

「だいじょうぶよ。もう行っちゃったから」

とジャス。

「おいで。あのカフェにもどって、父さんとミスター・マクフィーに話したほうがいいわ。ごめんね、フィン。みんなで、いっしょうけんめいやったのに」

「でも、あきらめちゃダメだ！」

フィンはいかりがおさまらない。

「べつの方法を考えないと。それしかない」


みんなで大通りを歩いていくと、ていねいに貼《は》ったポスターがぜんぶ、はぎとられ、ふみつけられ、道路の上でクシャクシャになっていた。道路をわたってカフェの前まで来たとき、カイラがさけんだ。

「見て！　あの窓《まど》！」

カフェの窓の内側に貼ってあったスーパーのポスターがなくなって、カイラのポスターにかわっている。

子どもたちは、急いでカフェの中に入った。ジェイミソン教授《きょうじゅ》とミスター・マクフィーがすわっていた。テーブルには空《から》になったカップとお皿。カウンターによりかかったカフェの店主がニコニコしている。

「やっと来たね！」

子どもたちがドヤドヤと入ってきたのを見て声をかけた。

「環境《かんきょう》戦士たちだね！　よくやったな、みんな。この紳士方《しんしがた》から、何もかも聞いたよ。たしかにこまったことだ」

「父さん！」

ジャスがいきおいこんで言った。

「ふたりの男にあとをつけられて、ポスターをみーんなはがされちゃったの。もう少しでフィンがなぐられるところだった！」

「ほう」

とカフェの店主が言った。

「そのふたりなら知ってるぞ。ふたり組のごろつきでね。町でしょっちゅう、トラブルを起こしてる。そいつらを、新しいスーパーがやとったことは聞いている。ここの窓《まど》に貼《は》ったきみたちのポスターもはがそうとしたんで、追っぱらってやった」

「なんてこった」

ミスター・マクフィーがいすから立ちあがった。

「どこに行った、そいつら？　子どもたちをいじめてるって？　よし、わたしが……」

ジェイミソン教授《きょうじゅ》がミスター・マクフィーの袖《そで》をひっぱって、なだめた。

「みんなだいじょうぶかい、子どもたち？」

教授が子どもたちを順ぐりに見ていく。

「だれもけがはしなかったか？」

「けがはしてないわ、父さん。みんなこのとおり」

教授が立ちあがった。

「とにかく、帰ろう」

教授はカフェの店主とあくしゅしながら言った。

「ごちそうさま。とてもおいしい朝食でしたよ」

「あのさ、あのさ」

先頭を切って駐車場《ちゅうしゃじょう》に向かいながら、フィンがいら立った声で言った。

「ストロムヘッドに帰ったら、べつの計画を立てなくちゃ。ぜったい！」

ほかの子たちがフィンのあとを追って走った——粘着《ねんちゃく》テープを落としたジャスが、拾おうとして立ち止まった。すると、教授《きょうじゅ》の声が聞こえてきた。

「ところでミスター・マクフィー、施設管理《しせつかんり》の仕事に興味《きょうみ》はありませんか？　ずっと海で働いていたあなたのことだ、実務能力《じつむのうりょく》が高いとお見受けした。急に、灯台《とうだい》の周囲を見まわる人が必要になりましてね」

ジャスは全速力で走って、フィンに追いついた。

「うちの父さんが、あんたのお父さんに仕事をたのんだみたい」

ジャスが息を切らせて言った。

フィンは口をポカンとあけていたが、やがて首をふった。

「まさか。そんな人、いるわけない」

父さんが仕事に行くなんて、へんちくりんだ。フィンは父さんの仕事のことは頭から追いだした。そのかわり眉根《まゆね》をよせて、頭を思い切り回転させ、風船の打ち上げをやめさせるにはどうすればいいか、べつの方法をいっしょうけんめい考えた。

13

ストロムヘッドに帰ると、子どもたちは、ジェイミソン教授の小ぎれいな小型車とミスター・マクフィーのおんぼろトラックから転げるように飛びだし、港に行って防波堤《ぼうはてい》の上に腰《こし》をおろした。フィンは、ほかの子のようにじっとすわっていることができず、みんなの前で走るかっこうをした。思ってもみなかったことが起きて、じっとしていられないのだ。

「まずいことになったわね」

ジャスがずばりと言った。

「向こうの勝ちだもの」

「勝たせるもんか！　勝たせちゃいけない！」

フィンがいきおいこんで言った。

「スーパーの人たちがどんなヤツらか、話したわよね？」

とカイラ。

チャーリーが胸《むね》のあたりを両腕《りょううで》でおさえて、こまった顔ですわっている。

「ティーシャツから飛びだしてるぞ、なんだそれ？」

アミールがチャーリーに聞いた。

チャーリーが顔を赤らめた。

「なんでもない」

「なんでもないことはないだろう。紙だね。巻《ま》いてある。言えよ。何、それ？」

アミールがかがんで、チャーリーの腕をこじあけた。

「さわるなって！」

チャーリーが、あえぎながら言った。

「言っただろ。なんでもない」

でも、ジャスには見えていた。チャーリーがかくしている紙のはしっこが。

「それ、スーパーのポスターじゃない？」

ジャスが、とがめるように言った。

「トム・ヘンダーソンと風船の」

チャーリーはあきらめた。しぶしぶ、ティーシャツの下から巻いた紙をとりだして広げた。

「これが何か？」

チャーリーがえらそうに、開き直った。

「トム・ヘンダーソンのすんばらしい写真だぜ。ヘンダーソンのところを切りぬいて、風船のところは捨《す》てて、自分の部屋に貼《は》るんだ」

「裏切《うらぎ》り者め」

アミールが小声で言ったが、うらやましそうだ。

みんながおそるおそる横目でフィンを見た。フィンのいかりが爆発《ばくはつ》するのではないかと思ったが、フィンは、トム・ヘンダーソンのポスターをしげしげと見ている。眉《まゆ》をよせながら。

「どう思う？」

チャーリーが聞いた。

「これ、だれ？」

「トム・ヘンダーソン。最高の選手！」

チャーリーが、助かったという顔をした。

「あのゴール、前のシーズンのレインジャーズ戦のゴールってさ……」

「それに、去年のスコットランドFA《エフエー》カップの準決勝《じゅんけっしょう》のゴールも――」

アミールが加《くわ》わった。

「やめろよ、ゴールとかなんとか」

とフィン。

「どんな人なのさ？」

「どんなって……ただただ、すごい人」

とチャーリー。

フィンがいらだって、じだんだをふんだ。

「フィンが考えてること、わかった気がする」

ジャスが口をはさんだ。

「もしいい人なら、っていうか、もしこの人が――」

「もしこの人が、思いやりのある人ならね、サッカーみたいなくだらないことじゃなくて

「……」

とフィンが続けると、チャーリーがカーッとなった。

「くだらない？　おまえ、サッカーをくだらないって思ってるわけ？」

フィンは、チャーリーを無視《むし》した。

「今言ったように——もしこの人が、思いやりのある人なら、ことわるかもしんないってこと。風船を上げるのをね。なんとかして、この人、つかまえられればな！　説得するんだよ！」

「そんなこと、ぼくたちにできるわけないよ」

アミールが首をふっている。

「こういうトップクラスのサッカー選手には、ガードマンやボディーガードや、いろんな人がついてるんだから」

「ローテミルには、どうやって来るんだろう？」

フィンがあせって言った。

「すんばらしい車で来るな、きっと」

とチャーリー。

「白い革張《かわば》りのシートでテレビがついた、ながーいリムジン」

「ヘンダーソンが来るときに、その車を止められるかもって考えてるんでしょ？」

ジャスが聞いた。

フィンは、バツが悪そうにうなずいた。

「そう思ったけど、そんなの無理だよね。どうすればいいかわかんないけど、絶好《ぜっこう》のチャンスかもしんない」

「ヘンダーソンが、どんな車で来るのかもわからないし」

カイラが反対した。

アミールが携帯《けいたい》をいじっていたが、「やったー！」と言いながら、みんなに画面を見せた。

「フェラーリだよ！」

とアミール。

「車を三台持ってるけど、これがいちばんのお気に入りなんだって。写真にナンバープレートも写ってるよ。ＴＨ１《ティーエイチ》って。トム・ヘンダーソンの頭文字だ」

「そんな情報《じょうほう》、役に立つのかなあ」

とカイラ。

「ヘンダーソンが車で大通りを通って行くあいだに、どうやって止めるのよ？　ほかの車もバンバン走ってるし、ヘンダーソンの車も、サーッと行っちゃうでしょ。それを止めるなんて危険《きけん》すぎる」

「わーい！　信じらんなーい！」

まだ携帯を見ているアミールが言った。

「何？」

フィンが待ちきれずに、足をじたばたさせている。

「いいこと？　何？」

「待て、今言うから」

アミールが有頂天《うちょうてん》になっている。

「教えてよ！」

フィンがせっついた。

「大通りは通らないって」

とアミール。

「このホームページに、ヘンダーソンのことならなんでも出てる。信じらんないよ、おばあさんがタムジー・ベイに住んでるんだって！」

「タムジー・ベイ？　おれのジミーおじさんがアパート買ったとこだ！」

とチャーリー。

「浜《はま》からすぐのアパート」

フィンは頭をフル回転させて考えた。

「タムジー・ベイからローテミルまでの道って、すごくせまくて、クネクネしてて、ぼくんちの前を通ってる。めったに車なんて通らない道。今日は、おばあちゃんの家に泊《と》まるんじゃないかな」

「でも、そんなことわかんないよ」

ドギーも心配している。

「おばあちゃんのこと、きらいかもしれないし。ぼくも、おばあちゃんのこと、あんまり好きじゃない。しょっちゅうキスしたがるから」

みんなドギーを無視《むし》した。

「そりゃあ、おばあちゃんのとこに泊まるさ」

フィンが額《ひたい》をピシャピシャたたきながら言った。

「考えてみてよ。ローテミルみたいなちっちゃな町の、くだらないスーパーの開店に、なぜ、はるばるやって来ると思う？　おばあちゃんを喜ばせたいからでしょ。オープニング・セレモニーは、あしたの朝十時だよ。どこから来るにしても、飛行機か何かで、うんと朝早くに出発しなくちゃなんないもん」

「わたしだったら、いくらおばあちゃんを喜ばせたくても、あんなスーパーは開店させないな」

とカイラ。

「セレモニーに来てくれってたのまれたら、絵の具のつぼを投げつけてやるから」

「わかったよ、でも、きみにはだれもたのまないからだいじょうぶ」

チャーリーが言った。

「フィンの言うとおりよ。つじつまが合ってるもの。問題は――」

ジャスが言うと、

「どうやってヘンダーソンをつかまえて、風船を飛ばさないように説得すればいいか？」

フィンがとちゅうから引き受けて言った。

「ヘンダーソンのおばあちゃん、ネコを飼《か》ってるよね、きっと」

とドギー。何かをねらっているみたいに、南京錠《なんきんじょう》のチェーンをクルクルまわしている。

「ぼくのおばあちゃんも三びき飼《か》ってる。ヘンダーソンのおばあちゃんのネコを誘拐《ゆうかい》して、風船を飛ばさない約束しなくちゃかえさないって言えば」

ジャスが目をグルっとまわした。

「まず」

指を折って数えながら言った。

「ヘンダーソンのおばあさんがどこに住んでいるのか、わたしたちは知らない。ほんとにネコを飼ってるかどうかに関係なく。二番目に、もし飼っていて、ネコを誘拐されたら、ものすごくあわてると思う。三番目に、動物への虐待《ぎゃくたい》は――」

「ぼくの話、聞いてよ」

ドギーが、食ってかかった。

フィンはまだ考えこんでいる。

「そうだよ、ジャス。ぼくたち、トム・ヘンダーソンのおばあさんの家も知らないし、わかったとしても、タムジー・ベイまで十二キロくらいあるもん。今からじゃあ、行けないよ。それに、ボディーガードがいて、近づけない。ってことは……」

「ってことは、道のどこかでヘンダーソンの車を止めなくちゃ」

ジャスが続きを引きとった。

「そのとおり。でも、どうやって？」

とフィン。

みんな考えこんだ。

「道路に釘《くぎ》をばらまく、車がパンクする、修理《しゅうり》のために止まるってのは？」

とチャーリー。

「そういうのは、器物損壊罪《きぶつそんかいざい》か何かじゃない？」

とアミール。

「いずれにしても、パンクしてもすぐ止まるわけじゃないよ。気づくまでに何キロも走ることだってあるんだから」

「ヘンダーソンに風船の打ち上げをやめさせるためなら、道路の真ん中に寝《ね》そべってもいい」

フィンが熱っぽく言った。

「あんた、ひかれちゃうよ」

カイラが声をあげた。

「そんなのやめてよ、フィン。危険《きけん》すぎる！」

「かまわないさ」

「おまえが死んじゃったら、イルカを助けられなくなる」

アミールが道理にかなった発言をした。

「もう一枚《まい》、ポスターを描《か》いてもいいわよ。それを貼《は》れば――」

「フェラーリに乗ってくるんだぞ」

チャーリーの声が小さくなる。

「あっという間に通りすぎちゃうさ。ポスターなんて見えないよ」

「ちがう。それって、いいアイデアだよ」

フィンが熱心に言った。

「ポスターは一枚じゃなくて、たくさん必要。それを貼る。そうすれば、ヘンダーソンもどこかでそれを見る。ぼくんちまで、いっぱい曲《ま》がり角《かど》があるからさ。そのたびに、車のスピードを落とすよ」

「道路にペンキで描くって手もあるな」

　アミールも意気ごんだ。

「たとえば、『トム・ヘンダーソン――車を止めて、イルカを救ってください』とか」

「それじゃあ、意味がわからないわよ」

とジャス。

「やめようって、思わせなくちゃ。好奇心《こうきしん》をかきたてないと」

「これは？『止まってください。お話があります』」

　ドギーが提案《ていあん》した。

「サインをねだるファンだと思われちゃう」

とチャーリー。

「でもさ、サインしてってたのんでみたいな、もし会えたら」

「つぎつぎにメッセージを書こうよ、曲がり角ごとに」

　フィンが言った。

「最初のヤツは、『トム・ヘンダーソン、とても大事な話があります』。二番目は、次の曲がり角で、『止まってください。ちょっとでいいです』。三番目は『命が危険にさらされてます』。四番目は『ぼくたち、サインをねだるファンではありません』」

「それはまずいよ」

とアミール。

「サインがいらないなんて言ったら、バカにされたと思っちゃう」

「わかった――それはボツにする」

カイラがうかぬ顔をしている。

「時間がないわよ、そんなにたくさんポスターを描《か》くなんて」

「心配しなさんな」

とジャス。

「絵はいらないもの。字だけ、うんと大きい字で。あ、ドギー、お母さんが来たよ。なんかおこってるみたい。あら、もう一時すぎだ。みんなも帰ったほうがいいわ。でも、灯火《とうか》室《しつ》に来てよ、お昼ごはんを食べたらなるべく早く」

カイラ、アミール、チャーリー、ドギーは防波堤《ぼうはてい》からおりると、走って家に帰った。残ったのはジャスとフィン。フィンはひとりはなれたところで、、海の方を見ている。ジャスがフィンに近づいた。足音がしたが、フィンはふりむかなかった。

「これが、わたしたちにできるギリギリのことよ。うまくいくかもしれないわ」

とジャス。

「海のイルカのことを考えてるんだ」

フィンがかすれた声で言った。

「みんなぐるぐる巻《ま》きになってるのに、まだゴミを食べてる。そいで病気になって、おなかをすかして死んでる。もし風船が飛ばされたら、ぼく、海にもどって風船をできるだけ集めるよ、ひとりでも」

「五千個《こ》の風船を？　そんなの無理よ、フィン！　何キロも先まで広がってるんだから」

「わかってる、わかってるよ。でも、イルカがかわいそうでたまんない。責任《せきにん》みたいなものを感じちゃう。あのイルカたち！　たった二回しか会ってないけど、あのイルカたちは、ぼくの友だちなんだ」

「でも今は、ほかの友だちもできたじゃない、気づいてないかもしれないけど」

ジャスが小声で言った。

フィンはふりむいて、ジャスを見た。少しのあいだ、ふたりとも黙《だま》りこんだ。

「ジャスは、お母さんのこと覚えてるの？」

フィンがしばらくしてから聞いた。

ジャスは、ハッとしてフィンを見た。

「あんたも、お母さんを失くしてるのよね。あたし、ぜんぜん――考えてなかった」

「うん。でも、ジャスはお母さんのこと、覚えてるの？」

ジャスが首をふった。

「ちょっとだけ。でも、あんまり。母さんは――やさしくて、あったかくて、お話をしてくれたわ。どんなお話だったか、思い出せないけど。お話しながら、しっかりだいてくれたときの気持ちは、

今もよーく覚えてる」

「ぼくは、なんにも覚えてない。いなくなっちゃって、とってもさびしかったってことだけ」

フィンは、石のように顔をこわばらせた。ジャスがフィンの腕《うで》に、そっと手を置いた。

「お母さんを失くした人はおおぜいいるわ、フィン。わたしたちには、父さんがいるじゃない？」

ジャスはそこでハッとして、くちびるをかんだ。フィンのお父さんの姿《すがた》を思いうかべたのだ。モジャモジャの髪《かみ》、きたならしい服、どなり声。

ところが驚《おどろ》いたことに、フィンは急に明るい顔になった。

「そうだね。ぼくには父さんがいる。それに父さんなら、だいじょうぶ。そういう気がする。父さん、変わると思うんだ。ジャス、見てて」

14

その晩《ばん》、フィンは夕食を終えるとすぐ自分の部屋にあがっていったが、なかなか眠《ねむ》れなかった。もうすぐ六月。太陽は九時すぎまでしずまない。フィンは窓辺《まどべ》にひざまずいて、海をながめた。少しずつ暗くなっていく。

「今すぐかけつけたいよ、きみたちのところに」

フィンは小声で言った。

「あしたは、ぜったい行くからね。風船の打ち上げをやめさせられなくても、きみたちが危険《きけん》な目にあわないように、できるだけのことをするから」

フィンはベッドにもどり、目を閉《と》じたが、病気で死にそうになっているイルカたちの恐《おそ》ろしい姿《すがた》ばかりが目にうかんだ。

フィンはとぎれがちに眠った。しばらくじっとして、それからあくびをして寝《ね》がえりを

打ち、眠ったかと思うと、急に心配ごとで目がさめる。あしたの朝起きたら、トム・ヘンダーソンをつかまえなくちゃ！　間に合うかなあ？

ベッドの上の棚《たな》に、おんぼろ時計が置いてある。フィンはそれをわしづかみにして、時間を見た。もう七時半！　飛び起きて、大急ぎで服を着ると、急なあぶなっかしい階段《かいだん》をかけおりて、キッチンにかけこんだ。

前の晩、フィンはジャスと細かいことまで計画を立てた。ジャスとチャーリーが朝早く家に来て、手伝ってくれることになっていたが、期待しないことにした。父さんが起きているといいなと思ったが、二階から大きないびきが聞こえてきて、がっかりした。父さんを起こして連れだすには、だいぶ時間がかかりそうだ。でも、ぐずぐずしているひまはない。

きのうの午後、みんなで作った何枚《まい》ものポスターが、キッチンのドアのそばに積み重ねてある。フィンは、ポスターに目を通した。きのうの夜は、なかなかいいと思ったが、今見ると子どもっぽくて、これじゃダメだ。ところがフィンが寝ているあいだに、父さんが、ポスターを使い古しのささくれだった木に、釘《くぎ》で打ちつけてプラカードにしておいてくれた。これならかんたんに掲《かか》げられる。

「ありがとう、父さん」

フィンが小声で言った。

バッグを肩《かた》にかけ、プラカードを持って、玄関《げんかん》のドアをおしあけた。早朝の低い朝陽が海に反射《はんしゃ》し、まぶしくて思わず目をつむった。

「フィン！」

気のせいだろうか。それとも、だれかが呼《よ》んだのかな？

「フィン」

また声がした。

目をあけると、ジャスが家に向かって走ってくるのが見えた。少しおくれてチャーリーも。わー、よかった。やっぱり来てくれたんだ。

チャーリーが家の前の庭に目をこらしている。

「どうしたの？　変わったね」

「父さんが草を刈《か》ったのさ」

フィンが短く答えた。

「これ持って。添《そ》え木《ぎ》がささくれだっているから気をつけて。こういう古い木しかなかったんだ」

フィンが先に立って、こわれた門から外に出た。ジャスがすぐうしろをついていく。

「ストロムヘッドからの道みち、いい場所はないか探《さが》しながら来たんだ」

ジャスが、いばって言った。

「おすすめは、まず……」

フィンが首をふった。

「その道じゃなくて、タムジー・ベイに行く道のほうがいいよ。曲《ま》がり角《かど》がたくさんあって、プラカードにおあつらえ向きの場所がある。きのうの夜、ちょっと調べてきたんだ。あ、見て！」

一台の車が、せまい道を猛《もう》スピードでやってきた。子どもたちは、ぶつからないようにわきにとびのいた。

「なーんだ、フォード・フィエスタじゃないか」

チャーリーがはきすてるように言った。

「トム・ヘンダーソンのフェラーリとは大ちがいだ！」

「早く！」

フィンが肩《かた》ごしに呼《よ》んだ。

「時間がないんだぞ！」

最初の曲《ま》がり角《かど》はまだ先だ。フィンが、古い枯《か》れ木《き》を指さした。曲がり角の木が、海風で曲がっている。

「あそこがおあつらえ向き。角を曲がるときに、ばっちり見える。下見しておいたんだ」

ジャスがくちびるをかんでいる。

「ごめんなさい、フィン。粘着《ねんちゃく》テープしか持ってこなかった。木の幹《みき》にはくっつかないわ」

フィンがカバンをゆらした。カラカラと音がした。

「テープはいらない。父さんが、釘《くぎ》と金づちを貸《か》してくれたから」

フィンが持っているプラカードに、チャーリーが手をかけている。

「釘を打つなら、おれにまかして」

とチャーリー。

「すっごくうまいんだ。きみがやったら、親指を打っちゃうからな。金づちをよこしな、フィン」

「待って、チャーリー！　そのプラカードじゃないってば！　ちゃんと、順番にならべてあるんだから！」

「じゃあ、正しいのをわたしてくれよ」

フィンがプラカードを地面にならべ、整理し直して、一枚《まい》を手にとった。『止まってください、トム！　お話があります！』と書いてある。それをチャーリーにわたした。

チャーリーは釘を打つのがじょうずで、プラカードはすぐに、ちょうどいい場所に掲《かか》げられた。

「見て！　自動車が来るわ！　トムかも！」

ジャスが大きな声で言った。

おんぼろのボクスホールだった。その車が曲がり角で急ブレーキをかけたので、運転している人の顔が見えた。プラカードを見て眉《まゆ》をひそめている。

「農場のウィルソンじいさんだ」

フィンが言った。

「ぼくと父さんのことを、目の敵《かたき》にしてる人」

フィンは息を止めた。ミスター・ウィルソンがプラカードをはずそうと、車をおりてくるかも。でも、エンジンをふかす音がしたので、ホッと息をはいた。

「次に行こう！」

フィンが声をかけた。ほかの子たちが、フィンのあとからかけだす。

三十分ほどで、残りのプラカードをぜんぶ、掲《かか》げることができた。そのあいだに何台かの乗用車と、トラックとトラクターが一台ずつ、通りすぎていった。どの車も止まってはくれなかったが、みんなスピードを落とした。プラカードが運転している人の目をひきつけるのは、まちがいない。

「ぼくんちの近くの曲《ま》がり角《かど》までもどろう」

フィンが息を切らしながら言った。フィンは、チャーリーがプラカードを木やフェンスの柱や牧場《ぼくじょう》の門にじょうずに打ちつけているあいだ、ずっと気をもんでいた。

「あそこで止まらせるのが、いちばんいい」

フィンは走ってもどりながら、プラカードをひとつずつチェックした。ほかの子たちが、すぐうしろについてきていることなど、ほとんど気にもかけずに。

ぼくがトム・ヘンダーソンだったら、車を止めるな。なんの話か知りたいもん。フィンは、プラカードに書いたメッセージを小声でつぶやきながら、走った。

トム・ヘンダーソン‼　あなたにメッセージがあります！

あなたに、大事なお話があります！

サインがほしいのではありません。

風船を飛ばすと、多くの命が危険《きけん》にさらされます。

ここで止まって、トム！　どうしても話したいことがあります！


トム・ヘンダーソンの車を止めたいのは、ここだ。最後のプラカードがここの老木に打ちつけてある。フィンは立ち止まり、木に手を置いてひと休みした。すると、考えないようにしていた心配が、とうとう頭をもたげた。

「やり方、まちがってたかもしんない！」

ほかの子たちが追いついてきたとき、フィンが今にも泣きだしそうな声で言った。

「おばあちゃんちに泊《と》まらなかったどうしよう？　ヘリコプターで来たらどうする？　そのほうが楽だもん！　もし――」

「静かにしろ、フィン」

とチャーリー。

「自動車が近づいてる音だ。聞いてみな」

みんな立ったまま、心配そうな顔で聞き耳をたてた。聞こえてきたのは、フェラーリの高級車のなめらかな音ではなく、ディーゼルエンジンの耳ざわりな音だった。その音がやみ、車のドアのバタン、バタンという音が鳴りひびく。男たちのさけび声に続き、木がさける音。

やがて車が姿《すがた》をあらわした。きたならしい白いトラックが、三人の子どもたちのそばであらあらしく止まった。ドアが開き、男がふたりおりてきた。きのう、ローテミルでカイラのポスターをひっぱがしたヤツらだ。

「ははん、こいつらを見ろ、バリー」

男のひとりが言った。

「知った顔のようだな、ナイジェル？」

ともうひとり。

「人の顔に泥《どろ》をぬりやがって、なあ？」

「まったくだ」

「こっちを見まわったのは、正解《せいかい》だったな」

とナイジェルが言う。

「たしかに。さもないと、このクソを見のがすとこだった」

「クソか――クソだな、これは。どうする、これを？」

「片《かた》づけちまおうぜ、バリー」

　ナイジェルが木に近づき、一気にプラカードを引きはがした。それから大声で悪態《あくたい》をついた。

「町あらしのこぞうどもめ！　木の破片《はへん》がぶ

っ飛んできたぞ！　おれさまの手に！　見ろ！」

「自業自得《じごうじとく》だろ！」

フィンがカッとなってさけんだ。なみだがほおを流れ落ちている。

「殺してるんだぞ！　自分のしてることも、わかってないくせに！」

「ふん、わかってるわい」

バリーがフィンに近づいた。

「おまえらを片《かた》づけてるんだ。そういうことをやってるわけだ」

フィンがバリーに飛びかかった。死に物ぐるいだ。バリーより小さくてやせているフィンがいかりにまかせてつかみかかったので、どぎもをぬかれた大男が、ひっくりかえりそうになった。

バリーはすぐさま劣勢《れっせい》を挽回《ばんかい》。よろめきながら立ちあがると、フィンのあばら骨《ぼね》にひじ鉄を食らわせてきた。フィンは二つ折れになって体をくねらせ、ほとんど息ができなくなった。ジャスとチャーリーが、大声でヤジを飛ばしているもうひとりの男に向かっていくのが、ぼんやりとわかった。フィンは体を起こそうとしたが、バリーに二《に》の腕《うで》をつかまれ、顔の前でしめあげられている。

「放せ、放せったら！」

フィンがさけんだ。

「わかっちゃいない！　イルカたちが――」

「イルカなんて知ったことか、このチビ――」

バリーが、がなり立てた。そのバリーが突然《とつぜん》、口をつぐんだ。高級なタイヤがキーッと音をひびかせながら、バリーのうしろで止まったのだ。

「おい！　おまえたち！　何をしてる？　子どもを放してやれ！」

フィンの両手が急に自由になった。フィンは、ふらふらしながら立ちあがると、手首をこすり、若《わか》くて背《せ》の高い、がっしりした男の人を見つめた。緑色のフェラーリからおりてきて、心配そうな目でフィンを見おろしている。

「トム！」

フィンが低いしわがれ声で言った。

「トム・ヘンダーソンさんですよね！　お願いします。やめさせてください。あの子たち、殺されそうなんです！」

「なんだって？　だれが殺されそうなんだ？　やめさせるって、だれを？　きみにけがをさせたヤツらか?」

ナイジェルとバリーは、身をちぢめてトムを見ている。

「わしら、何もしちゃおりません。悪いのは、この子たちで。町をあらしまわってるヤツらでして。いたるところにポスターを貼《は》っております。わしらも、子どもは大事にしてるよな、ナイジェル?」

「もちろんだ、バリー。わしらもサインをもらえますかな? レインジャーズ戦のあのゴール、あれは……ありゃあ……」

「みごとでしたねえ」

バリーがうやうやしく続けた。

トムは、目を細めて、ふたりの顔をかわるがわる見ている。

「がまんがならないことのひとつが、いじめだ。この子がいじめられてるのを、この目で見た。通報《つうほう》するしかない。脅迫《きょうはく》だったぞ、あれは」

「ちょっとサインをくださいよ」

ナイジェルがたのんでいる。

「たくさん書いてくれるなら、なおいいが」

「立ち去れ」

トムは、おこっている。

「いいか。いじめには、がまんならない」

バリーがナイジェルの袖《そで》を引っぱっている。

「いいから、ナイジェル。行こう。ここにいたんじゃ、仕事が終わらんから」

バリーは恐《おそ》れ入《い》ったとばかり、トム・ヘンダーソンをふりかえりながら、ナイジェルを引っぱっていった。一分後には、トラックにブルンブルンとギアを入れ、急発進して立ち去った。

「イルカなんです」

フィンがひざをついて、かすれ声で言った。

「風船が――お願いします、トム。話したいことがあります!」

サッカー選手のうしろから、近づいてきた人がいる。

「おそくなりますよ、トム」

その人が言った。

「ローテミルの人たちを、待たせるわけにはいきませんよ」

「ちょっと待ってくれ、サム」

トム・ヘンダーソンが手を差しだして、フィンを立ちあがらせてくれた。

「時間がないんですよ」

男の人がブツブツ言った。

「お願いします」

フィンがたのんだ。

「どうしても話したいことがあるんです。生きるか死ぬかの問題なんです」

トム・ヘンダーソンはフィンを見て、頭をかいた。

「こうしよう」

やがてトム・ヘンダーソンが言った。

「車に飛び乗れ。ローテミルに行く道みち、話を聞こう」

そばに立っていたチャーリーは、あっけにとられてかたまっていたが、ようやく声を出した。

「ぼくも乗せてよ、トム？　お願い」

ところが自動車のドアはもう閉《し》まっていて、そのままスピードを上げて走り去った。

15

フェラーリの後部座席《ざせき》はきゅうくつだが、見たこともないほど豪華《ごうか》だった。クリーム色がかった白い革張《かわば》りの座席は、やわらかくてフワフワ。でもフィンは、そんなものには気づきもしなかった。バリーとやりあったショックからまだ立ち直っていないが、自動車がエンジン音をひびかせながら、ものすごいスピードでローテミルに向かっているのはまちがいない。トム・ヘンダーソンに説明する時間は、あと五分ほどしかない。

助手席にすわっているトムがふりむいて、フィンを見た。

「いったい、どうしたの？　あのならず者にねらわれたのは、なぜなんだ？　そうだ、君の名前は？」

「フィンです」

声がかすれている。せきばらいをして続けた。

「ぼくたち――ぼくと友だちは、トム・ヘンダーソンさんに見てもらいたくて、プラカードを打ちつけてたんです。どうしても、話がしたくて」

「生きるか死ぬかだって、言ったよね」

「そうです！　風船なんです」

フィンは必死になって考えをまとめようとした。どう話すか、なぜ決めておかなかったんだろう？

「なんの話をしてるのやら？」

トムの運転手のサムはこう言いながら　ギアを落としてスピードをゆるめ、海岸ぞいの道からローテミルに向かう大通りに入った。

「気を引こうとしてるんですよ、トム。子どもってのは、サインをもらうためならなんだってやらかしますからね。車に乗せたりしちゃあ、まずいですよ」

「ちがいます！」

フィンがさけんだ。

「風船のことを言ってるんです。飛んでいった風船が海に落ちて、空気がぬけると、イルカたちがクラゲかと思って食べちゃうんです。イルカのおなかが風船のゴミでいっぱいになると、もう何も食べられなくなって、飢《う》え死《じ》にするんです！」

「ふざけるなって」

とサム。

「風船とクラゲは、ちっとも似《に》ちゃいねえ。イルカが食べたって、ウンコになって出てくるだけさ。子どものころ、冷蔵庫《れいぞうこ》のマグネットを飲みこんだことがあるがね。つぎの日に、トイレの中にポットンと出てきたぜ」

「風船は、ウンコにはなんない！　ぜったいに！」

自動車は猛《もう》スピードで走っている。フィンはローテミルの郊外《こうがい》の景色を、こわごわ見ていた。スーパーにどんどん近づいている。

「イルカの体の中は、ぼくたちとはちがうんだ。それに、風船の糸が口やヒレにからみつくし」

「興味《きょうみ》ぶかい話だね、それは」

とトムが言った。

「そういうことは知らなかったよ」

「気をつけてくださいよ、トム」

サムが言った。

「おかしなことに巻《ま》きこまれたらたいへんですよ」

バックミラーの中で、サムの目とフィンの目が合った。

「おまえ、環境《かんきょう》問題活動家か？」

「なんだって、カンキョ？」

「やばい動物愛護《あいご》活動家だな」

「やばくなんかない！」

フィンがいかりをこめてさけんだ。

「ぼくはただ――イルカのことを心配してるだけ。風船の糸でぐるぐる巻《ま》きになったイルカ、見たことあるから。ひどいことになってた」

フィンは言葉を切り、どうやったら、このサッカー選手にわかってもらえるか頭をフル回転させた。

「イルカだけじゃない。アザラシも、カメも、ほかの野生動物たちも」

巨大《きょだい》なスーパーマーケットが前の方に見えてきた。

「きみはここでおりたほうがいいな、フィン」

トムがやさしい声で言った。

「わかった。でも、約束してくれる?」

フィンがせがんだ。

「約束って、何を?」

トムは、まごついている。

「風船を打ち上げることはできないって、言ってください。イルカの命を助けて!」

「じょうだんだろう?」

サムが小ばかにして言った。

「なるほどな? トム・ヘンダーソンが到着《とうちゃく》する、カメラのシャッターがいっせいにカシャカシャ鳴る、ジャーナリストがマイクを差しだす。市長が進みでる、首に金色のチェーンをかけてな。そこでトムが言う。『ああ、すみませんね、みなさん。風船は上げられないんですよ。はじめて会った子に、上げるなって言われましてね』ってことか」

自動車がすべるように止まった。サムが外に出てドアをあけ、フィンがおりるのを待っている。フィンは、なみだがこみあげそうになった。

「お願い、トム。お願いします」

フィンがたのみこんだ。

「ごめんよ、フィン。それはできない相談だよ」

とトム。

「すっかり手はずが整ってるんだ、ずっと前からね。心配症《しんぱいしょう》だなあ。きみが考えるほど悪いことは起きないよ。風船がそんな悪さをするなら、風船の打ち上げは許可《きょか》されないだろう？　こうしよう、サインしてやる。おまけも二枚《まい》ほどつけてね。友だちと交換《こうかん》できるよ。ごほうびだ、ね？」

トムは自動車のグローブボックスの中に入っている紙に手をのばし、自分の名前をサラサラと書きはじめた。

「おりろ」

サムがフィンの腕《うで》をつかもうとした。

「まあいいさ、サム」

とトムが言った。

「いい子だよ。いいことをしようとしてる。筋《すじ》も通ってる。こういうのはどうだろう、フィン。ぼくがもらう謝礼金《しゃれいきん》を寄付《きふ》するってことで、どう？　クジラでもほかの動物でも、命を救うために」

　トムが、サインした紙を何枚かフィンに差しだした。フィンはだまって首をふった。のどがしめつけられて声が出ない。

　次の瞬間《しゅんかん》、サムに引きずりおろされ、フィンは歩道に立っていた。フェラーリは音を立てて発進し、スーパーの外で待ちかまえているおおぜいの人たちの方へ走り去った。

　こんなみじめな思いをしたのは、生まれてはじめてだ。

　ぼくなんて、なんの役にも立ちゃしない。やることなすこと失敗だらけ。ぼくは、ただのバカな――。

「フィン！」

　だれかが呼《よ》んでいる。

「どうした？　なんて言ってた？」

　ふりむくと、ジャスとチャーリーが、フィンの父さんのおんぼろトラックからおりるところだった。ふたりがかけよってくる。

「どんな人だった？」

　チャーリーが息をはずませている。

「サインしてくれた？」

「うん、してくれた。でも、おしかえしてやった」

フィンが容赦《ようしゃ》なく言った。

「あの人は役立たずの能《のう》なしだった、ぼくみたいに」

「トムがサインしてくれたの？　それなのに、もらわなかったの？」

チャーリーがショックをかくさずに言った。

「じゃあ、あんたの話を聞いてくれなかったのね」

ジャスが悲しそうに言った。

「サインはもらわなくちゃ。それをおれにくれればいいのに」

チャーリーがきびしい口調で言った。

「やっぱ、おれを行かせてくれればよかったんだよ。そうしたら、トムとサッカーの話をして、おれたちの味方になってもらえたのに。おれなら、うまくやれたのにさ」

「ばかじゃない？　そんな時間ないよ。あの車、すっごく早くて静かで、動いてるのかどうかわかんないくらい。あっという間に、ここに着いたもん」

「おまえの父ちゃんのトラックとは大ちがいだな」

とチャーリー。

「おれたちは、もみくちゃもいいとこだった」

「でも、フィンのお父さん、親切に乗せてくれたじゃない」

ジャスが顔をしかめて、チャーリーに言った。

「フィンのお父さん、ローテミルに来るとちゅうで、わたしたちを見つけてくれたの。新しい仕事のことで、わたしの父さんとここで話をすることになってるんだって。どんな仕事か知らないけど……」

ジャスは話すのをやめた。男の子はふたりとも聞いちゃいない。フィンは情《なさ》けなくて、しょぼくれている。チャーリーは、サインをもらいそこなったことで、まだカッカとしている。

「さ、行こう、ふたりとも」

ジャスがキビキビと言った。

「こんなところに、いつまでもつっ立ってはいられないわ」

「どこに行くのさ？　どこにもないよ、行くとこなんて」

フィンが言った。

「スーパーマーケットに行かなくちゃ」

「どうして？」

「わかんない人ね。何か起きるかもしれないでしょ。何かチャンスがあるかもしれない。最後の最後に、トム・ヘンダーソンが思い直すかもしれないし」

「サインしてくれるかもしんない。でもすごい行列だろうな」

チャーリーが、不機嫌《ふきげん》な顔でフィンを見た。

ジャスとチャーリーが歩きだした。

ぼくは浜《はま》に行こう、とフィンは思った。風向きを見ておこう。風船が飛んでって海に落ちたら、すぐ水に飛びこんで回収《かいしゅう》しよう。

でも、どういうわけか、ひとりぼっちになるのがいやだった。思わず体の向きを変え、チャーリーとジャスを追いかけた。

スーパーの外にはおおぜいの人が集まっていた。ローテミルの住民がおおぜいおしよせているし、ストロムヘッドの人も、半分くらいは姿《すがた》を見せている。群衆《ぐんしゅう》のうしろの方にミセス・ラムのブロンドの頭が見えた。そのそばで、カイラとドギーがピョンピョン飛びあがっている。ミセス・ファリダーもいっしょだ。

「買い物するのが待ち遠しいわね」

女の人が言っているのがフィンの耳にとどいた。

「焼き立てパンがあるし、ほかにもいろいろ値引《ねび》き商品があるし」

フェラーリはもう、スーパーの入り口近くに止まっている。赤いカーペットが敷《し》かれ、その上に市長が立っている。胸《むね》に金色のチェーンをかがやかせながら。市長は、スーパーマーケットのマネージャーやスーツを着た数人の人たちと、話をしている。スーパーの入り口には、ナイジェルとバリーが立ち、すごみをきかせて群衆をにらんでいる。トム・ヘンダーソンの足は、じっとしていられないようにはずんでいる。

スーパーマーケットのマネージャーが、赤いカーペットの真ん中に用意してあるマイクのところに、市長を案内した。

「今日は、ローテミルにとって、たいへん喜ばしい日になりました」

市長が堂々と話しはじめた。

「新しい大型ショッピング施設《しせつ》がわれわれの町に来てくれたことで、生活は便利この上なくなり……」

ところが急に、マイクが入らなくなった。市長は気づいていないようで、しゃべり続けている。口はパクパクしているが何を言っているのか、さっぱり聞こえない。フィンのところからも、ナイジェルとバリーが目配せをしてあたりをキョロキョロ見回すのが見えた。

ジャスがフィンの腕《うで》をささえにして飛びあがり、手をふって、カイラとアミールに合図を送った。ふたりが気づき、急いでやってきた。アミールが勝ちほこった顔をしている。カイラのほうは心配そうだ。

「アミールがマイクの電源《でんげん》プラグを見つけたの」

とカイラ。

「アミールったら、それを引きぬいちゃったの。だれかが見てたら、たいへんなことになるわ」

アミールはニヤニヤして、満足げだ。

「延長《えんちょう》コードがあってね。かんたんだった。これで時間がかせげる。トム・ヘンダーソンはどうだった、フィン？　話はした？　なんて言ってた？」

フィンはだまって首をふった。またはじめから説明するなんてたまらない。

マイクがそうぞうしい音をたてて息を吹《ふ》きかえした。

アミールは、がっかりしている。

「ソケットを見つけるまでに、うんと時間がかかると思ったのに」

肩《かた》をすぼめて言った。

「ま、努力はしたさ」

フィンは聞いていなかった。フィンは、黄色い風船の山をキッとした目で見つめている。風船ひとつひとつに、赤いはでな文字でスーパーの名前が書いてあった。門の両わきの金《かな》網《あみ》フェンスのうしろに、風船がネットでおおわれて用意されている。

「あと一分です！」

スーパーのマネージャーがさけんだ。

「超《ちょう》有名なゲスト、伝説のトム・ヘンダーソンが風船を飛ばします。それを合図に、スーパーマーケットの開店となります。カウントダウンをはじめましょう！　みなさん、わたしといっしょに！　六十！　五十九！　五十八！」

集まっている人たちが、大きな声で、いっしょに数えはじめた。

「五十七！　五十六！」

フィンは顔をゆがめて見つめていたが、ミセス・ラムのそばからぬけだしたドギーに気づいた。群衆《ぐんしゅう》をかきわけながらやってきて、ジャスの袖《そで》をひっぱっている。

「ジャス、ぼく、たいへんなことしちゃった」

ドギーが言った。

「どうしよう。助けて」

「四十三！　四十二！」

群衆《ぐんしゅう》の声がとどろく。

「なあに？　あとでね、ドギー」

「わざとやったんじゃないよ」

とドギー。

「ちょっとあそこに行ったの、風船が置いてあるところに。そいで、フェンスのとこに門があるでしょ。ぼくの南京錠《なんきんじょう》、門の留《と》め具《ぐ》に合うかなって、はめてみたのね。そしたら、ひとりでにパチンて閉《し》まっちゃったの。そいで、まだ最初の数字でいいのかなって、数字を回してみたんだけど開かないんだ。きのう、あけるときの数字を変えたんだけど、その数字、忘《わす》れちゃったから」

「三十！　二十九！　二十八！」

「あんた、バカじゃ……」

ジャスは思わず言いかけたが、言葉を飲みこんでドギーを見おろした。

「ドギー、確認《かくにん》するけど、風船が置いてある門に南京錠をかけちゃって、開かないってこと?」

「そう」

ドギーがしおれて言った。

「どうすればいい、ジャス? わざとじゃ……」

「二十! 十九! 十八!」

フィンが頭をグイと上げた。頭の中に、ピカッと光が走った気がした。

「ドギー、きみって天才！」

フィンがほこらしげに言った。みるみる力がわきあがってきて、びっくりするほどだ。ドギーをだきあげてふりまわした。若《わか》い男の人の頭ごしに、スーパーのマネージャーが風船置き場の方に歩いていくのが見える。マネージャーが南京錠《なんきんじょう》を見つめ、ギョッとした顔になった。

「十！　九！　八！」

群衆《ぐんしゅう》がさけぶ。

市長がレッドカーペットの上を、トム・ヘンダーソンを先導《せんどう》しながら風船置き場の方に進んでいく。風船置き場では、マネージャーが顔を真っ赤にしながら、ドギーの南京錠をあけようと必死になっている。

「五！　四！　三！　二！　一！」

群衆の声がぴたりとやみ、五千個《こ》の金色の風船が舞《ま》いあがって空をうめつくす、すばらしい瞬間《しゅんかん》を待っている。

風船が上がらない。フィンは、ジャスが腕《うで》をつかんできたのがわかった。チャーリーが、フィンの肩《かた》をもんでいる。

「あっ！」

ドギーが言った。

「数字、思い出した！　四、三、二、一だ！　教えてくる」

五人の腕がドギーを止めた。

「どこにも行っちゃだめだってば」

フィンがうれしそうに言った。

「わかってるの、ドギー？　きみのおかげで大成功《だいせいこう》だよ！」

16

集まっている人たちは、風船が上がるのを待って、シーンと静まりかえっていたが、何かこまったことが起きたんだと気づいて、ガヤガヤとさわぎはじめた。

「何やってんのよ！」

子どもたちをとりかこんでいる人たちが、口々に言っている。

「いつまで待たせる気？」

「風船はもういいから！」

とうとう、ひとりが言った。

「ドアをあけろ！　早く買い物させてくれ！」

六人の子どもたちは目立たないように人垣《ひとがき》のへりをつたって、かきわけかきわけ、風船置き場の様子を見にいった。スーパーのマネージャーのミスター・プライスの顔は、いかりで真っ赤だ。素手《すで》で南京錠《なんきんじょう》をこじあけようとしている。市長は、ぎごちなくほほえみながら、群衆《ぐんしゅう》を安心させようと、うなずいて見せている。これも計画のうちなんだよ、というように。

トム・ヘンダーソンの運転手のサムが、トムのところにしのびよって耳打ちした。するとトムが、市長におだやかに話しかけた。

「すんばらしいアイデアだ！」

市長の大声がひびきわたった。まだマイクを持っているのに気づいていない。

「風船なんかどうでもいい、店をあけよう」

市長はミスター・プライスのひじに手をそえて、有無《うむ》を言わせず、風船置き場ではなく、黄色いリボンを張《は》ったスーパーの入り口の方に向きを変えさせた。

「それではここで」

市長がよそゆきの大きな声で言った。

「本日のゲストである超《ちょう》有名人、トム・ヘンダーソン氏からお言葉をいただきます」

トム・ヘンダーソンが口をポカンとあけた。

「スピーチ？」

トムがサムに小声で言っている。

「どんな話をすればいい？　スピーチなんて聞いてないぞ！」

チャーリーがフィンのわき腹《ばら》をつついた。

「何を話すんだろうね？」

フィンが肩《かた》をすぼめた。

「さあね。でも、すごくこわがってる顔だね」

チャーリーが首をふった。

「トム・ヘンダーソンが？　こわがる？　まさか！　トムにはこわいものなんてない！」

＊

サッカーのチャンピオンは、逃《に》げだすわけにいかなくなった。もうマイクが手におしつけられている。トム・ヘンダーソンはせきばらいをして、群衆《ぐんしゅう》をぐるーっと見回し、居心地《いごこち》悪そうに笑って見せた。はくしゅと歓声《かんせい》が、さざ波のようにわき起こった。

「こんにちは、みなさん」

トムがかすれ声ではじめた。

「ご来場、ありがとうございます」

言葉を切ってつばを飲みこんだ。

「みなさんが手に入れたのは……この新しい立派《りっぱ》なスーパーマーケットですよね。サッカーボールも売ってるのかな？」

トムがふりかえってミスター・プライスを見た。ミスター・プライスは首を小さくふって、うつむいた。

「うーん——きのうの夜のテレビ番組、サッカーのハイライト、見た人いますか？」

トムは続けた。

「すばらしいゴールだったでしょう、後半戦のゴール？」

トムは、ほかに何を話そうかと必死で考えながら、群衆をぐるっと見わたした。トムの目がフィンをとらえた。フィンはずっと、腕《うで》を風車のようにまわしていた。トムがぼくに気づいて、イルカのことを思い出してくれますようにと思いながら。

「あ、そうだ、風船のことね」

トムが続けた。

「残念なことになって、みなさん、がっかりしてるけど、もしかすると、これでよかったのかもしれません。風船は、イルカによくないんですよ。風船はクラゲみたいでしょう？

……え、何？　どうしろって？」

トムはふりかえってサムに話しかけた。サムがトムの耳もとで、しきりに何かささやいている。集まっている人たちが、またざわめきはじめ、何を言っているのだろうと顔を見かわしている。

トムがマイクを口もとにもどした。

「あのね、みなさん、あそこにいる男の子。あの子に説明してもらおう。おいで、きみ。フィン、だったね？」

フィンは、自分の名前が呼《よ》ばれたのに驚《おどろ》いて、一瞬《いっしゅん》、体がかたまった。ジャスに背中《せなか》をおされ、アミールに言われた。

「行ってこい。今しかない」

フィンはぼうぜんとしたままレッドカーペットの方に歩いていったが、そのとちゅうで思いがけないことが起きた。気持ちが落ち着き、早鐘《はやがね》のように打っていた心臓《しんぞう》の鼓動《こどう》がおさまって、自信がわきあがってきたのだ。イルカたちと海にいるときのような気分だ。おどおどした、ひとりぼっちのフィンではない。魔法《まほう》にかかったフィンになっている。深い水の中を泳ぎ、イルカたちといっしょに空中にはねあがる海の子だ。

トムからマイクを受けとると、群衆《ぐんしゅう》に顔を向けた。

「ありがとうございます、ミスター・プライス、風船を飛ばさないでくれて」

フィンは、そう言っている自分の声を聞いた。

「みんなは知らないでしょうけれど、風船は海の生き物たちにとって、とっても悪いものなんです。イルカやカメみたいな海の生き物はみんな、風船をクラゲだと思っちゃいます。鳥も同じです。ジェイミソン教授《きょうじゅ》に聞いてください。教授も知ってることです。生き物たちは、風船やほかのプラスチック、例《たと》えばポリ袋《ぶくろ》なんかの切れはしを食べちゃうんです。そうすると、おなかの中がゴミだらけになって、飢《う》え死《じ》にしちゃいます。それに風船の糸で、体がぐるぐる巻《ま》きになります」

フィンは口をつぐんで、次の言葉がうかんでくるのを待った。

「風船は、家の中でやればいいと思います。スーパーマーケットの中にネットを張《は》ったらどうですか、ミスター・プライス。そこで風船を飛ばしたら？　みんなで遊べますよ！」

ミスター・プライスは、この朝すでに大はじをかいたのに、今また、たたきのめされたような顔をしたが、群衆《ぐんしゅう》からは大歓声《だいかんせい》があがった。

「いいこと言うわね！　すばらしいアイデアだわ！」

みんなが口々にさけんでいる。

「何歳《さい》なんだい、フィン？　将来《しょうらい》は首相になるな、きっと」

フィンは、ボーッとしながら群衆を見まわした。何が起きたのか飲みこめない。でも、みんなわかってくれた！　すると、みんなの顔がぼやけてきた。それにつれて海の子の気分がうすれ、やがて消え失せ、ふたたび、もとのフィンにもどっていった。不器用で、はずかしがりやのフィン。授業《じゅぎょう》でほとんど手を上げたこともない子に。フィンは、どぎまぎして顔を赤らめた。レッドカーペットから逃《に》げるようにして、友だちのところにもどった。みんな風船置き場をはなれ、群衆のうしろに立っていた。

「急いで！」

フィンがドギーに言った。

「だれも見てないから。気づかれないうちに南京錠《なんきんじょう》をはずしてきて」

ドギーがニヤッとして、ポケットをたたいた。チャリチャリという金属《きんぞく》の音がした。

「もうはずしたよ。ぼくって、すごいよね、フィン？　ぼくだよね？　ぼくのおかげだって言ったよね」

「もちろんさ、ドギー」

フィンは、友だちみんなに見つめられているのに気づいた。

「どうしたの、みんな？」

「きみはさっき……ちがう人になってた」

とアミール。

「かっこよかったわ」

カイラが言った。

「信じらんないよ」

とチャーリー。

「海の中のフィンみたいだったわよ。イルカといっしょにはねあがったときのフィン」

とジャス。

「あんたが灯台《とうだい》仲間になってくれて、うれしいわ、フィン」

カイラが続けた。

「ほんとに首相になっちゃったりして？　でも、首相なんて、あんたの気に入らないことばっかだと思うよ。ロンドンに住まなくちゃならないし。ラッシュアワーはたいへんだし。危険《きけん》だらけだもの」

マイクが入る音がした。

「お待ちかねの時間になりました！」

市長が言った。

「トム・ヘンダーソン氏がリボンをカットして、ドアをあけます！」

マイクを受けわたすときに雑音《ざつおん》がした。それからトム・ヘンダーソンがマイクごしに言った。

「スーパーマーケットの開店を宣言《せんげん》します！」

チャーリーがアミールの腕《うで》をつかんだ。

「急げ！　すぐに行っちゃう。サインをもらいに行こうよ！」

あけ放たれたドアに群衆《ぐんしゅう》が殺到《さっとう》し、駐車場《ちゅうしゃじょう》ががらんとした。

「ほら、ドギー」

ジャスがささやいた。

「あんたのママが来たわよ」

「ドギー！」

ミセス・ラムが真っ赤になっておこっている。

「どこに行ってたの？　そこらじゅう探《さが》したのよ！　あんなふうに急にいなくなっちゃダメ。何度も何度も注意したでしょ。あんまりせがむから連れてきたけど、連れてこなければよかったわ」

「だいじょうぶですよ、ミセス・ラム」

とジャス。

「ドギーは、わたしたちとずっといっしょにいましたから」

「そんならいいけど、いたずらしないように、ちゃんと見ててくれたのかしら」

ミセス・ラムがうたぐり深い目でジャスを見た。

ジャスは、何食わぬ顔で答えた。

「ドギーは申し分なく、いい子にしてました。ね、カイラ？」

「申し分なく」

カイラがジャスの口まねをして答えた。

「わたしたちも、父さんたちを探しに行きましょ」

ジャスがフィンに言っているあいだに、ミセス・ラムがカイラとドギーを引っぱっていった。

「探《さが》しに行く必要はないよ」

フィンが市長の方をあごで示《しめ》した。市長はまだレッドカーペットの上に立っていた。ジェイミソン教授《きょうじゅ》につかまって話しこんでいる。ジェイミソン教授のうしろの方に、ミスター・マクフィーがひかえている。えらい人たちが苦手なのだろう。

フィンとジャスが急いで近づいていった。

「ああ」

教授がフィンをふりかえりながら言った。

「これが、あの感動的なスピーチをした少年ですよ！　いくつだっけ、フィン？」

フィンは、はずかしそうに、うつむいている。

「十一歳《さい》」

「見事だったね」

市長はこう言ってから、教授に向き合った。

「つまり教授のご意見は、大量の風船の打ち上げの全面的禁止《きんし》を議会で決めたほうがいい、ということですな?」

「そのとおりです、はい」

ジェイミソン教授がポケットに手を入れて、ジャラジャラと小銭《こぜに》をいじりはじめた。長い話をするときにやるくせだ。

「多くの情報源《じょうほうげん》から収集《しゅうしゅう》した科学的証拠《しょうこ》によればですね——」

「父さん」

ジャスが言った。

「なんだね?」

ジェイミソン教授がふりむいた。

「ああ、そうだな、ジャス。この場で話すことじゃないな、しかし市長とわたしは、まさに——」

「わたしは次の議会で、この問題を提案《ていあん》しますよ。教授も証拠のプレゼンをなさりたいでしょうな? かんたんな証拠をね? 考えたこともありませんでしたよ、風船がねえ……もちろん、プラスチックによる海の汚染《おせん》が問題だということは、みんな気づいてはいますがね。ありがたいことに、このスーパーはプラスチックの買《か》い物袋《ものぶくろ》は有料にするそうです、とりあえず！　さてと……」

フィンは、市長の話を聞くのをやめて、父さんのところに行った。

「父さん、どうしてぼくを、そんな目で見るの？」

フィンが言った。ミスター・マクフィーが目をこすっている。ほおになみだが光った。

「おまえのせいさ、フィン。おまえがあんな高いところに立って、ああいうことをしゃべるなんて、ほこらしくてね。どうしていいかわからなかったよ。それに母さんによく似《に》てた。母さんそのものだったよ。お前の目のかがやきが……」

「ここから出よう」

フィンが言った。急にここを立ち去りたくなった。

「ストロムヘッドの家に帰ろう」

「わたしも乗せてもらえるかしら、ミスター・マクフィー？」

とジャスが声をかけてきた。教授《きょうじゅ》と市長を引きはなすのは、とても無理だとあきらめたのだ。

「あれだもの、父さん長生きするわ」

ストロムヘッドへの帰り道は、みんな口数が少なかった。ミスター・マクフィーは浜《はま》の近くでジャスとフィンをおろし、トラックにガソリンを入れに行った。

フィンは海をながめながら、潮《しお》の香《かお》りを胸《むね》いっぱいに吸《す》った。さざ波が立っている水面で、太陽の光がゆらめいている。その光が反射《はんしゃ》してできた金色の道に、こっちにおいでと言われているような気がした。沖《おき》のほうでチラッと動いたのは、しっぽに見えたけど？　海の中を生き物が泳いでいる影《かげ》じゃないかな？　呼《よ》び声《ごえ》を聞いた気がした。友だちの――友だちになったイルカたちの呼び声。それ

に答えなくちゃ。

「あした、灯火室《とうかしつ》に来てくれない、フィン？」

ジャスが言った。

「まだ、わたしたちの反対運動をやめるわけにはいかないわ。ゆうべ、父さんと話をしたの。わたしたちにできることは、まだまだ、たくさんあるのよ。それをやらなくちゃ！」

フィンが笑顔をかえした。

「そうだね。ぼくも、そう思ってた。企画《きかく》会議をしなくちゃね。海をきれいにする灯台仲間だよね、ジャス？」

ジャスも笑顔をかえしたが、言葉をかける前にフィンは海の方に顔を向けた。海が好きでたまらない、という顔で言った。

「もう行かなくちゃ。父さんには、ひとりで帰るからって言っておいて」

ジャスは聞かなくても、フィンがどこに行くのかわかった。

「わたしもいっしょに行けたらな」

ジャスにはそれしか言えなかった。

フィンがうなずいた。

「ぼくもそう思うよ」

「気をつけてね、フィン」

フィンがジャスに、ニコッと笑顔を向けた。

「心配しないで。海はぼくの友だちだもん。海にいれば、ぼくは安全なんだ。自分の家にいるようなもんさ」

そしてジャスが声をかける前に、フィンは海の中にいきおいよくザブーンと飛びこんだ。

著者《ちょしゃ》あとがき

『イルカと少年の歌』のお話が生まれたのは、わたしが旧友《きゅうゆう》に会いにフランスに行ったときでした。友人のロビンとメリルにはいくら感謝《かんしゃ》しても足りません。ロビンの甥《おい》のサイモン・クリストファーが、わたしといっしょにロビンの家に泊《と》まっていたのです。サイモンはボルネオで、海の生き物の映画《えいが》を作っている人でした。そのサイモンが、海がどれほど心配な状態《じょうたい》になっているかを話してくれたとき、わたしの気持ちが燃《も》えあがりました。

わたしたち人間は何千年ものあいだ、海をゴミ捨《す》て場《ば》として使ってきました。昔のゴミはくさると分解《ぶんかい》するので無害でした。ところがそのあと、プラスチックが発明されました。

わたしたちは、プラスチックが大好きですよね。食べ物を包んだり、つやつやして色のきれいなおもちゃを作ったり、コンピューターや電話を作ったり、ほとんどすべてのことにプラスチックを利用《りよう》しています。そして使いあきたら、無造作《むぞうさ》に捨ててしまいます。プラスチックのゴミが海に流れつく量は、驚《おどろ》くべきものです。一年で八百万トンにもなり、それが海にたまっていくのです。プラスチックの大きなかたまりが島のようになって、何千年ものあいだ、昔はきれいだった海にただようことになります。クジラやイルカ、アザラシや鳥たちが、プラスチックによる事故《じこ》で犠牲《ぎせい》になります。動物たちは、プラスチックを食べ物とかんちがいして食べてしまうので、それがおなかにたまり、飢《う》え死《じ》にすることにもなります。

わたしは、こういう事態《じたい》をなんとかしたいと思い、ポール・トンプスン教授《きょうじゅ》に会いに行きました。アバディーン大学灯台《とうだい》研究所の主任《しゅにん》教授で、人間が空に飛ばす風船が原因《げんいん》でどんなことが起きるかを話してくださいました。風船は、必ずと言っていいほど海に行きつき、イルカなど海の生き物を危険《きけん》にさらすそうです。教授が話してくださったおかげで、『イルカと少年の歌』のなかにこの話を入れるアイデアがうかびました。イルカについての情報《じょうほう》をいろいろ教えてくれた、バーバラ・チェニーにもお礼を言いたいと思います。

読者のみなさんは、この物語を楽しんでいただけましたか。みなさんの中には、海洋保護《ほご》やプラスチックごみ削減《さくげん》キャンペーンについて、ネットで調べてみたくなる人がいるかもしれません。わたしたち人間は、大きくて青くて美しい海や、そこに住むかわいい動物や魚を大切にしなければなりません。みんなで、海の大そうじをはじめましょう!

エリザベス・レアード

訳者《やくしゃ》あとがき

日本でもすでにおなじみになったエリザベス・レアードさんの作品をまたごしょうかいでき、うれしいかぎりです。レアードさんはこれまで、紛争地《ふんそうち》の子どもたちやストリート・チルドレンなど世界がかかえる問題を、子どもたちにもわかりやすい物語に仕立てて語り続けてきました。今回は、海の汚染《おせん》を題材に、これまでとはひと味ちがう、でもこれまでどおり、子どもたちが大活躍《だいかつやく》するお話を書いてくれました。

『イルカと少年の歌』を書くことにしたのは、レアードさんがフランスで出会った写真家、サイモン・クリストファーさんから、海の中がプラスチックのごみで汚《よご》れているという話を聞いたことがきっかけでした。子どもたちが大好きな風船が、海の生き物を苦しめていることもはじめて知って驚《おどろ》き、ひと晩《ばん》でこの物語のあらすじを考え出したそうです。

海に落ちてしまった主人公のフィンは、風船の糸にからまったイルカや、風船をクラゲとまちがえて食べてしまうイルカを見て、どうしても助けに行かなくてはという思いにかられます。そしてフィンは、友だちを説得して、風船やそのほかのプラスチックごみを食べてしまうイルカたちがいる海にもどり、苦しんでいるイルカを助けました。それればかりか、スーパーマーケットの開店祝いで風船を打ち上げるのをやめてもらおうと、苦手な大人や有名人にも、勇敢《ゆうかん》に挑戦《ちょうせん》していきます。イルカを助けに行ったときの、フィンと友だちとのみごとな連携《れんけい》プレイ、その間に育まれるフィンと友だちとの深いきずな。フィンの成長。そして何より、プラスチックごみを食べてしまったせいで、本当の食べ物を食べることができずに死んでしまうイルカがいるという事実。こういうことが、この物語で語られていきます。

でも、この物語には、もうひとつ、別の筋書《すじが》きがあります。フィンのお母さんは、フィンが小さいときに海に行ったまま、帰ってきませんでした。愛しあっていたフィンのお父さんとお母さんには、悲しい別れがあったのです。実は、スコットランドのオークニー諸島《しょとう》やシェットランド諸島には、セルキーについての伝説があります。セルキーというのはスコットランドでアザラシのこと。アザラシが毛皮を脱《ぬ》いで美しい乙女《おとめ》になり、漁師《りょうし》と結婚《けっこん》して幸せに暮《く》らし、子どもも生まれますが、脱いだ毛皮を見て、またアザラシにもどって海に帰ってしまうという、もの悲しい伝説です。エリザベス・レアードさんはアザラシではなくイルカのお話に変えて、この伝説を物語の中に取りこみました。イルカから人間に変身したと思われるお母さん。フィンはそのお母さんの遺伝子《いでんし》を受けついでいるのでしょう。泳げないはずなのに、海に入ったとたん、まるでイルカのように泳いだり跳《は》ねあがったりできました。イルカとも、すぐに友だちになりましたし、どうやらイルカと話もできるようです。地上では不器用で意気地のない子だったフィンが、海の中では力強い、自信に満ちた少年になります。そして陸に上がってからも、元気で明るい聡明《そうめい》な子になって、友だちを引っぱっていく存在《そんざい》になりました。

イルカを助けるという目的に向かっているうちに、フィンは変わりました。人は、何かに夢中《むちゅう》になって挑《いど》むとき、思いがけない力を発揮《はっき》し、ひとまわり大きくなるものなのですね。そういうフィンの成長ぶりも、この物語の魅力《みりょく》のひとつです。

フィンのまわりにいる子どもたちもたくさんのことを学びます。みんなフィンのことを変わった子だといって仲間はずれにしてきました。でも、どの子も、実はほかの子とはちがうところがあります。みんな、変わっているといえば変わっているのです。だから、ほかの子とちがうからといって、仲間はずれにしたり、いじめたりするのは、おかしいと気づき、おたがいに認《みと》めあう仲間になりました。

セルキー伝説の不思議な雰囲気《ふんいき》が漂《ただよ》うなか、プラスチックごみの恐《おそ》ろしさを知り、フィンの活躍《かつやく》に目を見はりながら、読書タイムを楽しんでいただければと思います。

石谷　尚子

著者：エリザベス・レアード　Elizabeth Laird
イギリスの作家。マレーシアで教師として働き、夫の仕事の関係でエチオピアやレバノンに長期滞在した経験を持つ。パレスチナの子どもたちを描く『ぼくたちの砦』、エチオピアのストリート・チルドレンを描く『路上のヒーローたち』、内戦下のレバノンを舞台にした『戦場のオレンジ』、オリンピック出場を夢見る少年の物語『世界一のランナー』、シリア難民の物語『はるかな旅の向こうに』（いずれも評論社）などの作品がある。

訳者：石谷尚子　Hisako Ishitani
東京生まれ。上智大学文学部英文学科卒業。翻訳家。おもな訳書に、『ママ・カクマ―自由へのはるかなる旅―』、『ぼくたちの砦』、『路上のヒーローたち』、『戦場のオレンジ』、『世界一のランナー』、『はるかな旅の向こうに』（以上評論社）、『声なき叫び』（花伝社）などがある。NPO法人難民自立支援ネットワーク理事長。

イルカと少年の歌―海を守りたい―
二〇二〇年九月二〇日　初版発行

◆著　者　エリザベス・レアード
◆訳　者　石谷尚子
◆発行者　竹下晴信
◆発行所　株式会社評論社
〒162-0815　東京都新宿区筑土八幡町2-21
電話　営業〇三-三二六〇-九四〇九
　　　編集〇三-三二六〇-九四〇三
◆印刷所　中央精版印刷株式会社
◆製本所　中央精版印刷株式会社

ISBN978-4-566-02470-0　NDC933　p.292　188㎜×128㎜

http://www.hyoronsha.co.jp

エリザベス・レアードの本

石谷尚子／訳

ぼくたちの砦

イスラエル占領下のパレスチナ。ガレキの山を片づけてつくったサッカー場が、ぼくたちの「砦」だ。いつか自由を、と願いつつ、希望をもって生きる少年たちの物語。

路上のヒーローたち

エチオピアの首都アディスアベバ。さまざまな理由から家をはなれ、路上で暮らす少年たち。誇りを失わず、けんめいに生きるストリート・チルドレンを描く問題作。

戦場のオレンジ

内戦のつづくベイルートの町。十歳のアイーシャは、大切なおばあちゃんの命を救うため、敵の土地に入りこむ。少女の勇気ある行動が大人たちを動かして……。静かな感動を呼ぶ物語。